另一段生命

入間人間

另一段生命

入間人間

輕文學
Light Literature

死人

稻村死而復生時，我首先想到當年野外教學發生的事。

寬大的帽簷和紅色的帽子填滿視野。

一腳踹開棺材起身的稻村，先是眨了眨眼，接著看向從椅子跌落在地的我。稻村本人似乎也不理解到底發生什麼事，只見她坐在棺材裡，很尷尬地「嗯？嗯？」搔著頭，一副不知道自己為何會這樣也不理解現況的模樣。

彷彿剛睡醒的舉止，有如在冬山發生的事情重現。

稻村瞠圓了眼看過去的方位上，是一片濡濕般、毫無摻雜其他顏色的黑髮。

搶先在那妖豔的存在做出反應前，另一位身穿制服的女孩起身。

「妳啊。」

是七里。她離開椅子，往稻村接近一步。

七里仍張著的嘴沒有說出下一句話，彷彿她的話已說完。她甚至沒有呼喚對方的名字，只是短短喊了一聲。但這之中想必包含許多情緒，有如將複雜的心中思緒直接呈現。

接下這些思緒的稻村，是否能將它們細細地分門別類呢？

有些呆滯、有些睏倦的眼角出現了些許光芒。

「嗯。」

稻村先是理解般輕輕點了一下頭。

「我果然死了吧。」

接著明快地接受事實。

說話的語調平穩，方才仍冰冷、僵硬、緊閉的雙唇也呈現出潤澤。她直直看著七里，接著呼出一口氣。

「那麼，這裡是天國嗎？因為……」

稻村還沒說完，狀況便如漩渦產生變化。

與殯儀館不甚搭調、彷彿慘叫的反應湧現。

首先，稻村的雙親甚至放棄了哭泣奔過來，發出莫名其妙的聲音拍著女兒的肩膀。稻村小小的腦袋輕輕地搖來晃去，讓她一陣昏花。接著，應該是稻村高中同學的女學生，以及親戚接二連三湊上來。只是要扛起小小神轎顯得過多的大量人潮湧上，滿溢的手腳彷彿土石流滑落，席捲整齊乾淨的殯儀館。

原本該嚴肅進行的女高中生葬禮完全瓦解。

過一會兒，場面總算穩定下來之後，殯儀館的人建議送稻村去醫院檢查，於是她就在簡直可謂綁架的情況下，被這場大騷動帶走消失了。而且不知是不是因為場面太過混亂，她甚至是連人帶棺被送走的。身為當事人的稻村，只能茫然看向七里，困擾地笑了笑。

包含我在內有四個人留下，沒有跟上去。連稻村的摯友七里都留下來，沒有陪著她。藤澤默默地一一扶起被人們踢倒的殯儀館椅子。我們在她完成之前，只是一動也不動地待在原地。

藤澤抓住最後一張椅子的椅背時，也停下了動作。

她究竟在這平凡無奇的白色椅子上看到什麼呢？

我的鼻子因為暴露在空調強勁的乾燥空氣中，感到有些刺痛。

「你們還記得嗎？」

藤澤回過頭，一頭亮麗的長髮，如雨滴般散發光澤。

我馬上知道她想說什麼。

過了一會兒……

「嗯。」

某個人代為回應。

其他人雖然沒有開口，但一定也回想起來了。

我們六個人在那天遇見了魔女一事。

死人死人

某一天，弟弟突然過世了。不知道是發生意外，還是病逝。

總之，狀況非常不明晰。

當時紛亂的情緒，即使經過時間沉澱，仍然無法重現。在那之前的我，彷彿只是欣賞著一幅美麗的畫作。我只是覺得掛在眼前的這幅畫真是美麗便已足夠，而那也是理所當然的。

我並不知道作畫的人是誰、保存畫的人是誰，也不知道有許多人參與其中出力。

我原本也完全不知道，儘管如此小心注意，一幅畫還是會在突如其來的情況下毀壞，變得面目全非。

知道這一切的代價絕對不低。

跟我一起長大的弟弟消失了。

沒有死去的我，和已然逝去的弟弟，究竟有什麼差別呢？

我不想用運氣解釋這一切。

這一天，是個最適合回想這些過去的日子。

凝聚意識的同時，我注意到落於臉部的重量。

我將手放在汗濕的額頭上，邊嫌棄沉重不已的頭邊起身。

接著馬上像是被針戳了一下，意識到今天的日期。

「啊，今天是……」

接下來的話語無法成聲。我按著額頭，任憑時間稍稍流逝。痛覺很快消退，但沉重的感覺持續壓在腦中揮之不去。即使加重呼吸，仍無法加速循環，甚至只在悶熱的氣溫中平添混濁。

我放棄消除這股感覺下床，瞥了月曆一眼，不禁嘆息。

今天是弟弟的忌日。

我從二樓走廊眺望外頭的晴朗景色。雲朵從鄰家屋簷堆積而出，開始出現的積雨雲讓人意識到夏天的來臨。雖然住家附近還沒聽見，但上學途中經過神社時，已經可以聽到蟬鳴聲。

七月十五日。儘管我已經忘了細節，但弟弟逝去的那一天，應當也是個酷熱的日子。

我走下樓梯，在除了自己之外沒有半個人的家中穿梭，做好準備。我們家是雙薪家庭，父母都很早出門，很晚才會返家。

「……」

昨天的事情彷彿隔著一層布幕，在我眼前再次上演。

稻村的葬禮在尷尬的狀況下結束。這也是當然，因為她死而復生了。在那之後，我們沒有特別聊些什麼，隨意地當場解散。其實我們四人應該有事情要好好講清楚，卻都無法順暢地講出來。

我並沒有跟其他人特別要好，和稻村、七里之間算不上有什麼交情。畢竟我們不同校，亦不常碰面。我想和田塚和藤澤的情況應該也差不多。現在回想起來，看似不熟悉彼此的我們之所以能夠聚在一起，或許是因為當時的事情都還留在各自的腦海中。即使想忘懷、即使滿布塵埃，過往也絕不會默默消逝。

我窩在客廳的電視機前按下開關，轉了幾台確認之後，很快看到稻村出現在畫面上，不禁輕呼出聲。社會大眾將怎麼看待這個死而復生的女高中生呢？這年頭流行超自然事件，說不定會造成一些話題。看樣子，稻村還得經過一段時間才能平安回家。

「我……還活著吧。」

既然曾經死過一次的稻村一臉平常地活著，那麼，這裡也有可能是那個世界。然而，我環顧了房間，就知道不可能。

若這裡是死後的世界，即使弟弟跟我待在同一個家裡也不奇怪吧。

用完跟啃紙沒兩樣的索然無味早餐後，我準備出發前往學校。

彷彿不把人間紛擾當一回事的晴空高掛於天，群青色包巾在天上展開，包裹著底下的人造社會。我挺直身子面對陽光，卻差點直接被光線往後推倒在地。雖然快放暑假了，但內心仍然沒什麼雀躍的感覺。

稻村死了，我之後又想起弟弟，實在沒心情管是不是要放假。

我推出腳踏車之後跳上去，一如往常地出發去上學。

從置鞋櫃走到教室的這段路上，我稍稍觀察一下校內的狀況，但感覺稻村的事情沒有引起太大騷動。或許是因為大家被提早報到的夏季熱力烤乾，也可能是與死者有關的陰森話題令人敬而遠之。說實話，如果事情跟我無關，我自己也不會太關心。

不過呢，我拍拍胸口心想，我大概，不，九成九算是當事人吧。

學校走廊和教室裡都熱得跟蒸籠內沒兩樣。夏天只會讓人類的體溫變得討人厭。即使來到座位上乖乖坐好，也會有種想要丟掉身體的不快感覺。

不知道和田塚是不是也會這樣沉不住氣。

另外四個人之中，只有和田塚跟我上同一所高中。雖然我們不同班，而且能否在短暫的休息時間好好說到話也是個問題，但我仍考慮去找他一下。和田塚應該記得，或者也想起了當時的狀況。然而，那是個在這種場合提起，難免顯得有些沉重的話題。

我得出請他傍晚來家裡出差一趟的結論，在上課鈴響之前什麼也沒做。

那天，我比平常更聽不進上課內容。

放學之後，熱鬧的氣氛一口氣沸騰起來。我挺喜歡這樣的氣氛，讓原本低落的心情稍稍振奮，變得想去做些什麼。這算是一種積極的想法，也有要活在人群之中的充分意義。

「……回家吧。」

雖然今天是弟弟的忌日，但我最後一次去他的墓前上香，已經是好幾年前的事，應該從上國中之後就沒去過了。之前雖然曾跟著父母去掃墓，但後來不禁思考起這麼做的意義。

一旦回顧弟弟的死，陰鬱的碎片就會從天上灑落，我甚至陷入一種一腳踩進水窪的感覺，但仍很在意自己內心深處真正的感覺究竟為何。對於弟弟的死，我一直找不到內心真正的想法。從我決心一定要找出自己的想法並好好面對它到現在，已經過了好幾年，但仍找不出答案。雖然可能是多慮，但曾幾何時，我發現自己會將弟弟的死與自身的生死重疊看待。為什麼弟弟死了，我還活著呢？

這之中有什麼理由和意義存在嗎？

我被一種非常棘手的煩惱糾纏著。

一條生命的逝去，讓我的人生陷入困擾的窘境。如果他還活著就好了。

如果我能在弟弟死去之前遇見那位魔女，他是否有機會復生呢？

我想著這些沒有答案的事情，走在回家路上。早上起床，去學校，然後回家。只是發生一、兩件異常的狀況，不會為人生帶來波瀾。

這讓我體會到自己不像稻村，只是個凡夫俗子。

回到家之後，我在換衣服之前先打開電視，熟悉的面孔立刻出現在螢幕上。我呼吸著室內悶熱的空氣，直盯著電視畫面。

「她還是換了套衣服啊。」

稻村被攝影機和記者包圍著。看樣子是因為不能在醫院裡吵鬧，所以她在停車場的角落被大量人潮團團圍住。氣色看來不錯，很難相信直到昨天她都是死亡狀態。對那些沒有待在葬禮會場的記者來說，應該也覺得半信半疑吧。

稻村依然是一副眼皮很重、很想睡的樣子，似乎沒有做表面功夫的想法。

『這個嘛，我確實死了，心臟也一度停止跳動……死亡期間的記憶？沒有呢。回過神時發現自己處在一個狹小空間內，然後我一抬腳，就把棺材蓋踢飛了……』

我覺得她好像已經很習慣回答這類問題，應該是被問多了之後，自然學會該如何應對吧。

我想到如果死去的是我，出現在電視上的也是我，我一定會緊張到話都說不好。一旦出醜，奇蹟帶來的光環也會打對折。先不論這樣是好是壞，但在我心中能夠完成這項任務的只有稻村一個人。

這之中彷彿加入了某人的意圖，讓事情順利進展。

我轉了好幾台，看了一會兒全是報導稻村的各種節目，確認報導內容千篇一律之後，就離開電視前面去換衣服。雖然還沒實際看到，但這個消息可能登上晚報的頭條，全國將會再次注目稻村。

連潛藏森林深處的魔女也……魔女家有電視跟報紙嗎？若沒有，問題就會出在魔女要怎麼知曉時事，但或許她們根本與俗世無緣。

原本想算算假如魔女還活著，現在會是幾歲，但因為太沒意義而作罷。

「接下來呢……」

我得自己準備晚餐。平日我都只吃早晚兩餐，假日則會確實地分三次用餐。我光是想像之後放暑假得天天準備三餐就覺得很挫折，因為踏進廚房之前便已汗流浹背了。

我茫然佇立著，直到蟬鳴聲漸漸變小。倦怠感一直無法消除。

除了想說說話之外，還多了一個請廚師來外燴的充分理由。

放在玄關鞋櫃上的市話機，仍留有白天帶來的餘熱。我記得和田塚家的電話號碼，所以不必翻找一旁的筆記，直接按下按鍵撥號出去。

問題在於他在不在家，還有我希望是他本人來接電話。跟朋友的父母講電話時會產生的特有尷尬，究竟是哪種心理作用造成的呢？

過一會兒，電話接通了。

『喂，這裡是和田塚家。』

聽到這不太友善的聲音，讓我安心下來。

「我是腰越。」

我報上名號。他只是聽到我的聲音，似乎就明白我的需求。

『喔，要出差嗎？』

「拜託了。」

『好，半小時左右會到你家。』

電話就這樣掛斷了。我按照他說的乖乖等待半小時。

但即使這樣還是不夠，時間過了約四十分鐘。

當暮色褪去、天空開始染上夜色時，一身短袖、短褲隨興打扮的和田塚終於來了。蚊蟲咬傷的痕跡混在他曬得黝黑的右手臂上，他明明沒有參加社團活動卻曬得比我還黑，應該是拜整理庭院所賜吧。

「味澤同志，你來得正好。」

「這個時間穿一身黑真的會死人啊。」

和田塚邊脫鞋邊聳肩。他的體格屬於偏瘦的類型，肩膀凸出的部位很醒目。一頭略長的頭髮紮在腦後，露出平常看不太到的耳朵。

和田塚在上小學之前住在我家附近。雖然現在搬到滿遠的地方，但有時候會為了幫我做飯而來。

「那就麻煩了。」

「嗯。」

他確實收下我遞出的一千日圓。我在內心小小嘖了一聲。

和田塚願意以一千日圓的代價出差。他心情好的時候不會收費，但今天跟我收了錢。我跟他一起來到廚房，確認冰箱裡面的東西。

「喔，今天不至於什麼也沒有耶。」

「我先確認過才找你來的。」

之前有一次在冰箱空空如也的情況下找了和田塚來，結果他幫我煮好一碗泡麵就回去，還收了我一千日圓。而且很遺憾地，當時我根本吃不出一千日圓的泡麵哪裡比較好吃。

「做什麼好呢……啊，你可以在外面等。」

「交給你了。」

我將場面交給盯著食材思索菜色的和田塚，到隔壁的客廳躺下。

和田塚雖然不是什麼餐廳小開，但是個廚藝高超的男人。我曾問過他是不是出於興趣下廚，他說不太對。他的興趣其實是整理家裡的庭院花圃，真老派。

「暑假期間也可以找你來嗎？」

「目前正以特殊定價營業中。」

「這樣我是很感謝啦，但因為錢包不是隨時都有餘力……」

以平時來說，大概只能每兩週請一次。

「如果是可愛的女生邀請我就好囉。」

「彼此彼此。」

說得真好。

在等飯菜上桌的途中，我猶豫了兩次是否要打開電視，畢竟一打開就會看到稻村。稻村這個人呢，與其說是美女，更應該歸類在可愛的類型裡。與成熟的七里正好相反。真要選的話，其實……我就這樣擅自在心裡評價兩人，藉此打發時間。

沒多久，陣陣香氣飄了過來。

「做好了。」

「好喔。」

我起身爬到桌子邊，碗盤中散發出來的熱氣令人心曠神怡。盤子裝著味噌炒豬肉、茄子和青椒。

「中華料理？」

「類似。」

和田塚完成一件工作，倚著牆壁坐下來，似乎在想事情似地半張著嘴。他本來是個很少表現出這類空隙的人，讓我感到有點稀奇。

「我開動了。」

我雙手合十表示感謝之意。和田塚動了動眼睛，回應我的感謝。

「嗯。」

「……」

重口味菜餚衝過舌尖，直接麻痺了喉頭。我接著扒一口飯，口中被熱氣填滿。這樣的感受竟然能直接帶給人滿足，實在太神奇了。

我邊低吟邊吃，就被和田塚催促了。

「沒有感想喔？」

原本以為以他的個性不會想聽感想，讓我有點意外。

雖然表面上看起來冷靜，但我想和田塚也被昨天的事情影響，變得有點坐立不安吧。

「嗯……很有意思。」

「嗯？」

「明明用一樣的食材和調味料，但跟我做出來的菜截然不同。」

我甚至覺得要做到這種程度才稱得上是一道菜吧。

「多謝啦。」

聽到我的讚美，原本呆坐著的和田塚動了一下。他看了看用來當電視櫃的櫃子，輕輕戳一下櫃子門。

「我可以玩超任嗎？」

「請便。」

獲得許可後，和田塚欣喜地拿出遊戲機。

之前我在遊戲機的廣告刺激下，上市沒多久就衝去買，但現在和田塚玩的時間比我還多。看樣子我並不適合只是動動手指。

「你不買嗎？」

「考慮中。」

和田塚把瑪利歐卡帶插進主機，背對我駝著背，開始打起遊戲。我邊不時看看他的狀況邊吃著茄子，軟嫩的口感傳來的風味在口中擴散，很是享受。

「欸，你這道菜是很好吃，但肉未免太少了吧？」

我用筷子挑起切成細絲的豬肉，提出疑問。

「啊，果然太少嗎？」

「你大可不必客氣，多加一點啊。」

「沒關係啦，這道菜就是要讓人吃蔬菜。」

「這樣嗎？」

聽他乾脆地這樣說，我心想其中可能有什麼門道，於是沒再追究。

看樣子我有點不知該如何應對他人的自信表現。正面面對時，甚至有種強烈日光射進眼裡的感覺，忍不住想別開臉。

「你不吃嗎？」

「我不餓。」

和田塚邊狂射火球邊回答我。他雖然喜歡做菜，但似乎對吃沒太大興趣。儘管本人沒打算當廚師，然而說不定這就是適合當廚師的特質。我每吃一口菜，就不禁感嘆和田塚真的很了得。

「你真的很努力呢。」

「啊？」

「我有種你會確實累積讀書之外的點點滴滴，每天都很確實地活著的感覺。」

我邊自我反省邊稱讚他。和田塚聽了瞇細雙眼，嘀咕一聲「這也沒什麼」。

「只是因為我的目標是獨立生活吧。」

和田塚邊讓畫面裡的瑪利歐狂奔邊回答我。

「我的理想是一個人生活，然後孤獨地死去。」

躍過水管的瑪利歐，馬上被在那之後的坑洞吸進去。

「哎呀。」

「你貫徹了理想呢。」

「還沒完呢。」

因為命還沒死光，瑪利歐立刻復活。儘管如此，這個瑪利歐也沒剩下幾條命了。

我用筷子撈著碗底的飯粒，脫口說出剛剛想到的成語：

「這算自立更生吧。」

「嗯，因為我不喜歡跟人打交道。」

他很快就抓到我想表達的點，我也繼續品味菜餚的奧妙所在。平常不易下嚥的蔬菜風味，帶來鮮明的回甘。

我觀賞和田塚奮戰的過程，默默動著筷子。

「……我吃飽了。」

「好喔。」

我把白飯跟菜餚都掃光才說話。和田塚因為放不開手，只轉了視線回應我。

「碗盤放著就好，我來洗。」

「不好意思啦。」

「這包含在費用之內。」

「專業人士果然不一樣。」

「現階段只有你一名顧客就是了。」

我笑他根本沒在宣傳。其實若和田塚去找個打工一定可以賺比較多，那他為什麼願意做這個呢？總之就是因為我們感情好。

眼角彷彿被飽滿的肚子拖垮，漸漸失守。如果我現在拄著下巴、閉上雙眼，從電視機傳來的聲音將會變成搖籃曲吧。但這時我心想：「等等，不行不行。」倏地抬起頭。重要的事情還沒做完，怎麼可以睡覺。

我找和田塚來，不是單純想偷懶而已。

我重新坐好，壓下睡意，慢慢說起正事：

「稻村幾時可以回家呢？」

「天曉得。」

和田塚邊讓瑪利歐踩著龜殼邊淡淡地回話。

「畢竟她死而復生，就算做完檢查也會被攝影機包圍吧。」

「她已經上電視了。」

「喔喔。」

我想起在大量電視報導中出現，那沒睡醒的眼神。她應該很久沒有上電視了吧。小學的時候，稻村因為參加許多比賽，所以偶爾會被電視節目報導。過去她曾被譽為神童，不過我記得上國中之後，這樣的聲音就漸漸消失了。

但也有可能只是我不再看那類節目。

我雖然意識到她是個天才，可是怎樣也沒想過她竟然會死而復生。這樣與其說是神童，根本是神了吧。

我盤著腿面壁而坐。雙眼的焦點一偏離，馬上想起那片楓葉景色。

「我說，你還記得那次野外教學嗎？」

我像昨晚的藤澤那樣，問和田塚是否有印象。

他隔了一會兒才回話。

雖然我提問之前便知道答案，但仍等他回應。

和田塚雖然玩到一半，但也沒按暫停，直接放下手把。

他已經沒有命、沒有退路了。

「我昨天想起來了。」

果然，跟我一樣。

說起來，原本不太親近的我們，是因為一項不值一提的活動才連結起來。我記得那是發生在小學四年級的冬天，跨年之前的十二月，夜晚最漫長的時節。

我就讀的小學會舉辦野外教學的外宿活動，目的是讓小朋友接觸大自然並集體生活，藉以加強團體生活的概念之類……我想應該是這樣，但詳細不清楚。

在那麼寒冷的季節進行的戶外活動，實在不怎麼開心。

進行活動的時候會分成小組，當時我們被分到同一組。

成員有我、七里、和田塚、稻村、江之島和藤澤。

小組長是藤澤。當時的藤澤非常冷漠，當然現在依然冷漠，不過這不是重點。總之她的個性不太適合率領小組，然而老師這樣決定之後就無法更改了。

如果可以讓我們交換意見自行推舉，我想應該是七里會當上組長。先不論七里是否擅長率領團隊，但她確實是一個會率先出面擔任這類職位的女生。

為什麼選藤澤當小組長呢？因為班導就是這樣的人，是那種想把陽光帶到低調分子身邊的人。

原本班導找上我，但在我左推右閃之下，最後鎖定了藤澤。雖然藤澤沒有自願參選，不過最後決定是她的時候，她也沒有特別反對。當時我對這點非常意外。那時候我已特別注意藤澤，雖然刻意保持低調，不過或許身邊的人早就知道了。事後回想起來，我不禁羞愧得想掩面。

廢話少說。

但要聲明，我會注意藤澤並不是出於男女間的喜愛，而是因為心裡有類似同情或者同袍情誼之類的想法。

因為藤澤也失去了妹妹。

野外教學的目的地是一個叫什麼自然之家的地方。有點接近山區、遠離喧囂，同時沒有建築物阻擋寒風。那裡平靜而閒散，我甚至忍不住在心裡吐嘈到這種地方來是可以學到什麼，整個內心都被冬天的寒冷填滿。

那天中午，我們一起烤了用鋁箔紙包起來的熱狗，但我那條有一半烤成焦炭，應該是放得太靠近火源。我把烤失敗的責任歸咎到江之島身上。

只有稻村跟藤澤有烤好。

七里大概是吃到烤焦變苦的部分不甘心吧。我印象很深刻，她吃那條熱狗時，從頭到尾都皺著眉頭。

沒有烤焦的稻村想要分七里半條熱狗，但七里死都不肯而到處逃跑的場面挺有趣的。

稻村在學校也大多跟七里一起行動。她總是一副很睏的樣子，眼皮看起來重重的，嘴上帶著輕浮的笑，加上個子矮，跟七里站在一起時，與其說她們是同年級，看起來更像是姊妹。

在我們這個小組裡，最有名的應該就是稻村。她的聲名甚至不侷限於本校，傳到了更遠、更寬廣的地方。

只要是跟同齡者比賽，她都不會落於人後，不論比什麼都能一路獲勝下去。或許跟本人悠哉的表情相輔相成，讓她比其他人顯得更遊刃有餘，即使安安靜靜地待著也很醒目。大人們都很欣賞她這一點。我儘管覺得她很厲害，卻也有種「有必要那麼誇張嗎？」的感覺。或許我只是不喜歡她被拿來當成炒作的題材吧。當時的我身上，並未擁有像那樣足以左右他人看法的價值存在。

當時的我們，仍為世上許多高聳的事物包圍，被壓得喘不過氣。雖然看似自由奔放，實際回過神時，卻有種自己哪裡也去不得的感覺，因此焦慮、煩躁，但無法排解，只能仰天長嘆。

我們就是在那時候與「那個」相遇。

隔天，我們爬了一段山，來到一處平緩的廣場。我們在彷彿被清洗過、開始落下黃葉的樹木包圍下，迎來自由活動的時間。離自然之家有段距離的那片土地遠方坐擁森林，形成一處平緩的丘陵地帶。我想起親戚家附近的梯田，深吸一口滿滿樹木香味的空氣。

老師交代，只要別跑太遠，就可以隨意玩耍。

儘管是自由活動時間，基本上還是得以小組為單位活動，不過我們組完全沒有遵守這項規定。身為組長的藤澤率先默默離開，稻村也往別的方向走，七里則追著稻村而去。剩下我、和田塚、江之島三個男生對植物沒什麼興趣，只是站在原地發呆。我們在教室裡就沒什麼話聊了，怎麼可能在外出之後有十足長進呢？和田塚本來就不愛說話，江之島個性畏畏縮縮，這段時間真的很難熬。跟這些死氣沉沉的傢伙在一起，我甚至有種更冷的感覺，超級想逃。但我看著廣場，無法決定該上哪去才好。

一時之間找不到比較熟的朋友。

就在我覺得這狀況很難熬，但只能白白讓時間流逝的時候，藤澤回來了。她獨自從森林的方向走過來。

「你們來一下。」

她走過來叫我們，我嚇得瞪大眼睛，因為她看起來好像頭流血。但仔細一看，可以發現只是樹葉沾在瀏海上，讓我鬆一口氣。藤澤察覺我的目光，彷彿要瞪我一眼般動了動眼，然後才發現我的意思而拍了拍頭。

紅褐色的樹葉飄下，落在地面。

稻村和七里似乎看到剩下四人都聚集在一起，於是奔了過來。

「怎麼了嗎？」

「有人倒在地上。」

藤澤用有如冬風吹過般乾啞的聲音，平淡地說明狀況。

在大夥慌亂地「咦！」了一聲後過了一拍，藤澤採取行動。

「在那邊。」

藤澤繼續簡單扼要地說明，並為大家帶路。我很想叫她等一下，但實際開口的是七里。

「倒在地上是什麼意思？」

「字面上的意思。有位女性倒在地上。」

從她的說法，可以得知倒下的並不是一起來野外教學的同年級同學，或許是不認識的大人。

「這種狀況應該報告老師比較好吧。」

七里的說法十分合理，但藤澤只是瞥了她一眼，逕自往前走。

話是這樣說沒錯，我瞄了七里一眼抓抓頭。七里雖然不服氣地瞪了藤澤的背影一眼，可是藤澤根本不在意。

「老師不是醫生。」

我心想我們也不是醫生，不過沒有說出口。

感覺說了會被藤澤揍。

藤澤或許察覺到我們還有話想說的氣氛而加快腳步，可能是想用快走逼我們閉嘴。雖然我想過我們去了是能幹嘛，但該說是知道有人倒下卻撒手不管的作為實在太無情嗎？或者可以說心裡過意不去吧？在這種表面心態作祟之下，我只能跟著藤澤行動。往藤澤過來的方向走去，自然會來到包圍廣場的森林區。

「在這邊。」

藤澤沒有停下腳步，我們跟著她穿過樹木間的縫隙。場景彷彿產生巨大變化，踩在地上的感覺也有所不同。堆積的落葉在鞋底和土壤之間添加了額外的東西。

我瞬間懷疑是不是被藤澤騙到了森林深處。

踏入森林沒多久，藤澤停下腳步。儘管只稍微偏離廣場，但周圍天色彷彿太陽下山般整個暗下來，原本冷冽的空氣更如結霜堆積般落下。不過更重要的是，有一股毛毛的感覺竄過背部。

一條腿從巨大樹木後方伸出。

我隔著站在旁邊的藤澤背部探頭望去。

「真的耶。」

稻村代表我們嘀咕出聲。

倒在地上的是一位魔女。

至少我一開始是這樣認為。

雖然那位魔女手上沒有魔杖、身上也沒有黑袍，但被一頂紅色的帽子蓋住臉。那是一頂彷彿切過眼頭、帽簷寬大、呈現斜角的帽子。魔女頭上的三角帽，有如收集了尚未枯萎的紅葉堆積而成。

這樣的人，就躺在地上。

躺在林木縫隙之間，光線照不到的地方。

「妳還好嗎？」

蹲在魔女身邊的稻村搖了搖魔女的肩膀，七里連忙叮嚀稻村「笨蛋，不可以亂動啦」並一把拉開她。被搖了兩下的魔女沒有反應，相對地七里正抓著的稻村胡亂揮舞著手腳。「哎呀，很煩耶。」七里不耐煩地丟下稻村，接近魔女。

「她有呼吸嗎？」和田塚要七里確認。我縮了縮脖子，心想這人怎麼會問這麼恐怖的問題。倘若沒有呼吸，那就是屍體了，這樣我會覺得能毫不在意地接觸屍體的稻村也很可怕啊。江之島八成想到跟我一樣的事，我倆一起往後退一步。

「沒有呼吸，但身體還溫溫的。」

在七里確認前，藤澤搶先平淡地說道。我嚇一跳，回頭看向藤澤。她似乎沒有承受個別目光的意思，因此也沒有與任何人對上眼，仍舊盯著魔女。七里儘管瞬間退縮一下，還是沒有退開，僅是緩緩回頭。

她的表情緊繃，儘管天色昏暗，仍能看出她臉上的血色盡失。

「我覺得我們還是去找老師過來吧。」

在這種狀況下，七里還是勉強冷靜地提議。稻村以一句「說得也是」簡短回應，和田塚不發一語但稍稍垂下眼表示同意，江之島則在觀察大家的反應。總之，眾人看向藤澤。之所以會發現眾人都看了過去，是因為我也看著藤澤。

至於當事人藤澤——

「不可以。」

她以符合寒冬的冷漠氣勢反對。

「叫大人過來，事情就會變得麻煩。」

「這什麼論調……」

因為藤澤的態度太平靜，我差點要想歪成搞不好人是她殺的。如果真是這樣，我會覺得屍體可怕？還是藤澤比較可怕呢？

「那妳想怎麼辦？」

七里不悅地問道。藤澤在回答之前，先踏出了一步。

「這樣就好。」

藤澤有如倒下般跪地，然後……

她取下魔女的帽子，將自己的嘴貼在魔女外露的雙唇上。

突如其來的動作讓我們傻眼。

藤澤就這樣把臉抵在魔女的臉上一會兒。從她背部劇烈的起伏看來，應該是正在幫魔女做人工呼吸。我至此才理解原來是這麼一回事。

「好，下一個。」

藤澤放開之後出言催促，而且是看著我開口。

我本來就對藤澤有點意思，突然見她看過來，加上她要我做的事情又有點那個，令我害羞地別開視線。居然要我對躺在地上的女性……呃，好丟臉。

「呃，啊，我就不必了。」

人命關天還出言抗拒，我瞬間覺得這樣是不是有點過分。真的只有一點點這樣覺得。

「啊，是喔。」

藤澤很快捨棄了我，並且看了一圈不願採取行動的其他人。我覺得她特別多看了七里和稻村兩眼。

「你們這些人真沒用。」

她最後平淡地吐出這句話，再次吻上魔女。

結果，只有藤澤做了人工呼吸。我在寒冷的天氣中，茫然心想我們在這裡究竟有什麼意義，然後想到弟弟在那一天、那個地方遭遇事故這件事情本身，又有什麼樣的意義，不斷重複著沒完沒了的問答。

當藤澤做完第三次人工呼吸，抬起臉的時候——

魔女原本癱在地上的右腳抽動一下，然後咳嗽了起來。

在她嗆咳三次之後，帽子底下的臉有了動靜。她一面呻吟，一面用手按著地面起身。雖然倒在地上的時候就很可怕，但看見她起身還是會忍不住更加戒備。

魔女擦掉稍稍流出來的口水，一副剛睡醒的樣子搔搔頭，看了看我們。

「呃……你們是？」

她看起來比我們的班導小一輪，聲音有如漂亮的沙粒灑落般細緻。因為她頭戴魔女帽，我原本以為她的長相會比較接近外國人，但跟我在照片上看過的外國人並不同，輪廓也不深。或許因為在森林中，原本看似相當柔嫩的臉頰更顯蒼白。一頭烏黑長髮彷彿帶了點紅，下垂的眉毛顯得軟弱，身上穿的羽絨大衣因為太大，使她看起來像隻毛茸茸的綿羊。這樣仔細一看，才發現除了帽子以外，她身上完全沒有任何魔女的標誌性象徵。那頂帽子現在也掉在地上被壓扁了。

「妳沒事嗎？」

稻村稍稍屈膝，讓自己的視線與魔女同高之後，才開口詢問。

魔女茫然、不可靠的雙眼看著稻村。

「好像還好。」

魔女講得一副事不關己的樣子，然後好像被稻村憨傻的表情影響，緩緩露出微笑。她笑得可愛靦腆，我覺得相當討喜。

魔女抬頭看看森林，彷彿在確認什麼，頭部迅速轉動。

轉完之後，魔女接著重新面對我們。

「是你們發現了我嗎？」

「沒錯。」

藤澤冷淡地回應。魔女聽到藤澤的回覆，覺得很神奇般「嗯哼？」一聲眼神閃爍。以我來看，奇怪的應該是魔女才對。竟然會用「發現了我」這種不合時宜的形容方式。之前明明就沒有呼吸，這人真的很悠哉。

能對這樣毫無戒心的魔女露出笑容，頂多就稻村一個人。

七里繃緊嘴角，看起來稍稍警戒著，但仍沒有離開稻村身邊。和田塚和江之島站在退後一步的地方。和田塚表現出沒什麼興趣的態度，江之島則顯得很害怕，一副想馬上回家的樣子。聽說這傢伙原本就不是很想參加什麼野外教學，好像是不想在自家以外的地方過夜，說不定是個被寵壞的少爺。

只有藤澤無動於衷。

「真是活力十足又爽快……嗯哼～」

魔女先碰了碰自己的嘴唇才看向藤澤。

「以這年頭的小孩來說，妳人真好呢。」

「很多人這樣說。」

藤澤一臉平靜地說謊。妳是幾時被誰這樣說過啦？

而且實際上，藤澤跟熱心助人的形象天差地遠。

如果是平常在教室的藤澤，應該會毫不留情地丟下魔女吧。

「很好、很好。」

魔女重複說道，接著先拍掉帽子上的樹葉後，將之整個翻轉，簡直像要變魔術從帽子裡變出鴿子一樣，從中掏出了那玩意兒。

「要好好跟好孩子道謝呢。」

放在她雙手手掌上的，是六顆外型類似圖鑑中玫瑰果實的紅色樹果。不過因為現在不是玫瑰的結果季節，所以應該是別種果實。

「這是在山裡採到的香甜樹果喔，吃吃看吧。」

魔女露出純真的笑容推薦我們，我們則猶豫地面面相覷。魔女看起來人不壞，但畢竟是不認識的人，而且她昏倒在奇怪的地方，我們無法這麼輕易地接受謝禮。

當然，還是有例外。

率先說著「多謝、多謝～」並收下樹果的是稻村。雖然七里趕忙說「妳啊！」並用手肘頂了頂稻村，但稻村轉眼間已把樹果丟進嘴裡，並動著下顎咀嚼。

「嗯？」

稻村皺起眉頭，可能是樹果的味道出乎她預料。她維持著難以言喻的表情繼續咀嚼，待吞嚥下肚之後才「喔喔～」地整張臉亮起來。

我驚訝地心想到底是什麼味道，直盯著魔女手中的樹果。

「妳住在這裡嗎？」稻村問。

「是啊，冬天應該大部分都在這一帶吧。」

魔女的手轉向我，示意我拿樹果。她的手指優美，我看著她柔和的笑容收下樹果。儘管深居冬季山中，但魔女的指腹仍留著些許溫暖。我彷彿被她的體溫吸引般抬眼，這才注意到她的容貌。

沒有鷹勾鼻，臉上也沒有絲毫皺紋，容貌可謂端正姣好。若她下山，那悠哉的態度或許可以完全融入城鎮的生活之中。只有森林和帽子，才足以支撐她身為魔女的身分。

不過她本人從沒自稱是魔女。

被她這樣堆滿微笑地看著，我也只能吃下樹果。我小心翼翼地用臼齒咬下樹果，沒想到一咬就碎。花香經由口腔傳到鼻腔內，紅色的樹果如其樣貌，吃起來的風味也類似玫瑰。這算好吃嗎？我歪著頭思考，繼續咀嚼樹果並將之吞下。咀嚼的時候雖然滿口花香，但吞嚥之後，整個口腔充滿甜甜的後勁。可以理解稻村為什麼會有那樣的表情變化。

「嗯哼。」

和田塚先看我吃下去之後才吃了樹果。嘖，這傢伙把我當成試毒的人喔？我不禁瞇細眼睛看著他。江之島也跟著謹慎地吃了起來。和田塚可能吃不慣玫瑰的味道，只見他綳著臉皺起眉頭，目光瞥了我一眼，彷彿用眼睛說：「這東西真虧你吃得下去。」

「咦咦，妳不吃嗎？」

稻村看著七里的手詢問。七里基於一般常識判斷，正猶豫著要不要吃。

「要不要我幫妳吃～？」

稻村打算伸手拿七里手中的樹果。

「不可以，一個人一個。」

魔女伸出柔軟的手指，溫柔地制止。

「嗯，不過要是全給同一個人吃下去，也挺有趣就是了……」

魔女低聲自言自語了些什麼，但我離她太遠聽不太清楚。在她身邊的藤澤或稻村或許聽得見，但可能也搞不懂她在說什麼，沒太多反應。這時，七里把樹果湊到鼻子前面，先聞了聞香氣之後才送進嘴裡。

稻村看到七里吃下樹果，踮起腳摸了摸七里的頭，並且說了「好棒喔」稱讚她。七里吊起眼角罵稻村「阿呆」，巴了她的腦袋。我忍不住在心裡噴茶，這兩人感情真好。

「妳要不要？」

魔女詢問藤澤。藤澤似乎是基於常識以外的某種理由，直到現在仍抗拒著不吃樹果。所有人看著藤澤，她用兩隻手指挾著果實，舉到視線高度的位置。

原本以為她打算就這樣捏碎，沒想到她看了一眼之後，乖乖將之送進嘴裡。她可能連咬都沒咬就直接吞嚥，只見她的喉嚨馬上動了一下。

魔女微笑著看到藤澤也吃了果實後，站了起來。

「為了答謝救命之恩，當然必須以命致謝。所以，我多給了你們性命。」

「啥？」

我不禁發出憨傻的聲音，無法理解她沒頭沒腦地說些什麼。

「對不起，我說那是在山裡採來的果實是騙你們的。」

深深戴著帽子的魔女用手指調整帽簷的斜度。沾在上頭的樹葉飛散，彷彿身體的一部分剝落，跟周圍的落葉一起緩緩飄落。

「記得要保密唷。」

魔女最後留下這番話，往森林深處走去。

我心想這是怎麼一回事，並低頭看看還留下了些微觸感的指尖。感覺好像吹一口氣，就會像塵埃那樣四散，並且將魔女之前還在這裡的一切證據都吹散，使之消失。

「她說騙我們的……難道真的是什麼不好的東西嗎？」

「好怪的人。」

稻村的反應跟擔憂的七里正好相反，一副覺得很好玩似地目送著魔女離去。她好像還在咀嚼樹果碎片吧，臉頰依然動來動去。

「該不會是神仙？」

「真的要說應該是魔女吧？」

我在內心同意七里的感想。要說像是神仙，不免令人存疑，但接著我馬上想到，啊啊對喔，我們在山裡面嘛。在山裡面確實會直接聯想到神仙。

接著想想魔女通常都在什麼地方呢？腦海中浮現了深邃的森林。

「……不就是這裡嘛。」

我抬起頭，對著一片昏暗的天色「嘿嘿嘿」笑了幾聲。

「我們差不多該回去了，要是被老師發現會挨罵的。」

七里彷彿組長，想整合大家一起行動。表現得像個領袖的七里，有時候在教室內會引起一些反對意見，但現在沒有人反對。甚至可以說，因為她出面率領大家的關係，因此有種值得信賴的感覺。

一臉笑咪咪地看著七里的是稻村，面無表情的是藤澤。

在七里帶頭之下回去的途中，我聽到走在最後面的藤澤低聲嘀咕。

那句話在冬季冷風吹襲之下，瞬間凍僵消逝。

「如果不是什麼壞魔女就好了。」

當時魔女說過「多給了你們性命」。

至今我從來沒有認真思考過這點，不，我想我是刻意不去思考吧。如果要面對生命議題，我自然必須觸及弟弟的死。弟弟的死無論如何都無法從我心中剝離。

弟弟在我六歲的時候過世，當時他才四歲。

但不論是四歲，還是百歲，會死的時候就是會死。

「……嗯，哎，嗯哼。」

先不提這個。我輕咳一聲，切換思緒。

現在回想起來，當時藤澤為什麼要叫我們過去？難道是因為她也會害怕？但我又懷疑了一下，她是這種個性嗎？她應該是個身邊有人，反而會表現得不耐煩的人啊。

「當時我們吃下的樹果，說不定真的如那傢伙所說，就是一條命。」

當我想起一連串過往的記憶時，和田塚開口了。

「那個啊……記得吃起來味道像花朵。」

一種殘留的香氣與記憶一同留存在鼻腔深處的感覺，讓我想到接近粉紅色的紅。花瓣飛舞，彷彿要包覆雙眼與鼻子。沒想到這幻覺格外栩栩如生。

「我們是不是死了也會復生呢？」

電視螢幕上的瑪利歐已經沒有命了。

「我有點好奇，但無法輕易實驗。」

我笑著回他。沒錯，雖然稻村示範給我們看了，但這實在學不來。畢竟那傢伙是天才啊。

「我還有很多事情想確認，但這還真難處理……」

「比方什麼事？」

「這個嘛……首先，我想知道我們的命是無限的，還是有限的。」

和田塚用指尖點了自己的胸口兩下。

「究竟是不管死幾次都會復活，還是只能復活一、兩次……我有點在意這個。」

「……是喔。」

我有點意外和田塚居然在意這個，畢竟我是以多獲得了一條性命為前提在考慮。因為魔女曾說過「一個人一個」。

「我想應該不是無限的吧。」

「有什麼根據？」

和田塚先關掉遊戲機的電源之後才轉頭面向我。

「沒有。」

「原來只是感覺啊……」

我露出苦笑，但也心想，差不多就是這樣吧。

與此同時，我想起了江之島。

江之島在幾年前過世了。他應該沒有做出踹開棺材蓋爬出來的胡搞事蹟，畢竟沒有鬧出新聞。當時，我應該有參加他的葬禮，也有依稀想起魔女的事……大概吧。老實說，這樣講雖然無情，但包括葬禮的狀況在內，我其實都記不太清楚。因為我幾乎沒跟他說過話。

我只記得他老是畏畏縮縮的。到底有什麼事情這麼可怕啊？

如果我們都有兩條命，那就代表江之島死了兩次。

換句話說，這說法雖然矛盾，但他在死去之前已經死過一次了。

他也沒來找我們討論過，實際上他心裡在想些什麼是一團謎。

和田塚結束話題站起來，先把碗盤筷子等餐具都洗乾淨之後，往玄關走去，我也起身準備送他到家門外。我倆一起踏出家門，發現天色已暗到會在對方臉上形成陰影的程度。我家附近還是沒有多少路燈。

「拜拜。」

「嗯，今天謝啦。」

和田塚用手指夾住千圓鈔晃了晃，表示不用客氣之後就離開了。

「回頭見。」

「喔，好～」

和田塚難得這樣說，害我反應慢了半拍。

他像是覺得這樣的我很有趣，微微抖著肩膀。

「什麼跟什麼啊……」

儘管我這樣嘀咕，卻不覺得有哪裡不舒服。

話說和田塚沒有騎腳踏車來呢。他基本上都騎腳踏車通學，難道是晚上不騎嗎？之前請他來的時候有騎車嗎？我試著回想卻不復記憶，不禁對自己的隨便態度感到無奈。人生過得太散漫了啊。

我是不是也擁有不只一條性命呢？

「……」

夜間還未有蟬鳴。即使停駐不前，夏天仍會開始。

只有性命磨損消耗而去。

在世間因稻村的事情沸沸揚揚時，我仍過著平淡無奇的日常。

理所當然地造訪的第十七個夏季，即將步入略顯漫長的假期。

我把嫌麻煩跟不吃飯放在天秤兩端相比之後，結果是嫌麻煩勝出。

我這個人只要肚子餓就無法午睡。

所以儘管覺得痛苦，還是在傍晚時分出門去了超市一趟，順便散散步。從我家走到在小學後門對面的超市，大概要花上十五分鐘。我側眼看著旁邊耳鼻喉科診所的停車場內停滿了車輛，走在夏日的夕陽之中。

我抓了一些東西放進購物籃裡，隨意擺在收銀台上，收銀人員跟我驚訝地同時「啊」了一聲。

面前的人是七里。她穿著超市制服、包著三角頭巾，應該正在打工。

「呃……嗨。」

「嗯。」

我尷尬地跟她打招呼。我並不知道她在這間超市打工，因為之前從來沒有撞見過。有可能是在暑假期間短期打工吧。

七里在店員與消費者認識的尷尬情況下繼續結帳工作。我也說不出什麼緩和氣氛的話，只能默默等待。該怎麼說，明明就有話必須好好說清楚，卻因為突然遇見對方的關係，變成只能顧左右而言他的狀態。

我迷惘了一下，想著只有這個話題可說，於是在毫無選擇的情況下開口：

「稻村還好嗎？」

七里手中拿著白菜，瞪了我一眼。

「不知道。」

她回話的聲音顯得不悅且帶刺。我從她臉龐抽搐的樣子知道自己說錯話，七里則帶著一臉不適合服務業的嚴肅表情，邊結帳邊跟我抱怨：

「她被帶著到處跑，還沒回來啦。」

「嗯，我想也是。」

就算想換個話題，也沒有其他話題可換，所以只能刻意繼續下去。
「她回來之後要怎麼辦？」
「什麼要怎麼辦……不會有什麼改變吧。就很平常地去上學，很平常地……平常。」
七里看來有很多具體想說的事情，但又覺得滔滔不絕地跟我說很丟臉，所以把話收了回去。她反覆強調「平常」，似乎是想要收集散落四處的理所當然，看起來就像是要說給自己聽。
……也就是說，她覺得平常是如此重要。
「你幹嘛笑成這樣？」
七里責備我。我好像笑出來了。確實覺得臉頰肌肉略略抬高。
我現在也想著一樣的事情。
「沒啦，我只是覺得不會變質的關係很好。」
就算時光流逝、就算死亡，也能夠繼續維持的關係真的很厲害。
若要用陳腔濫調形容這毫不動搖的程度，我想就是「真心」吧。
「沒有那麼大不了。」
七里嘆著氣甩手，一副沒這回事的態度，接著盯著我的喉頭看了一會兒。

「……怎麼了？」

這回換我問她。

「腰越你倒是變了。」

七里結完帳之後才拋出這句評價。

「……是嗎？」

我摸摸下巴，歪了歪頭。她說的應該是我自己無法掌握的變化吧。

「哎，跟小學時代相比，不一樣也是當然啦。」七里半開玩笑地說，「你都長得比我高了。」

我跟七里道別，走出超市。外頭的夕陽仍遠遠掛在天空，維持著如同白天那樣的亮度。走在夕陽下，彷彿飛機飛過帶來的耳鳴一直消散不去。

那或許是血液快速循環的聲音。

回到家之後，我先把採購來的東西塞進冰箱，才開始準備晚餐。我想著之前來出差的和田塚，俐落地炒菜。

接著弄好煎蛋。

綠色跟黃色都散發出一點點燒焦的氣味。

該怎麼說，見識過高手出招，就知道自己做的東西還不夠資格稱之為菜餚。

明天請和田塚來一趟吧。

我邊享用看起來不怎麼樣的炒青菜和煎熟的荷包蛋邊看電視。雖然不是每一台都不約而同地持續播報，但也不至於一整天下來都看不到稻村的臉。

儘管報導減少了，但炒作感有愈滾愈大的傾向。我不確定稻村本人是否樂見事態如此發展，但包含過去經歷在內，她又開始廣為社會所知。

不過報導都隱瞞了一件事，就是稻村的死因。她是摔死的。

我不清楚她是自己跳樓，還是被人推落。不過若是有所謂的犯人存在，稻村自己應該會表態，並知道究竟是誰。既然她沒有說，我想她就是主動跳樓的吧。稻村是自殺。

七里應該知道這點，但她可能也有她的想法。

我還沒有跟她親近到可以直接詢問這種事的程度。

「……好。」

我關掉電視、放下筷子、雙手抱胸、閉上雙眼。

有一個詞叫做賭命。據說搬出賭命這種說詞，人就能夠下定決心。

當然這只是一種表現手法，或者說是比喻。

可是我不一樣。

如果有兩條命，就可以在真正的意義上做到賭命。

電視節目和新聞報導之中的稻村，利用自己的性命再次回到神童的立場。連續好幾天吵著說她發生奇蹟或是神童來著，至少這樣的待遇比過去合理多了。

以同齡人來看，過去的稻村確實很驚人。她跑得比誰都快，跳得比誰都高，誰都追不到。不過，我覺得人們把她捧得太高了，要說她的「厲害」不夠具體嗎……舉例來說，沒有電話就無法與遠處的人溝通，電話是一種絕對必要且具有突破性的革新產物，非常優秀。稻村雖然也一樣優秀，但不至於像電話那麼絕對。該說是沒有她，世界依然會運轉嗎……這實在很艱深，難以說明。只不過，我覺得她沒有那樣神就是了。

現在的狀況是她本人刻意為之的嗎？稻村知道自己多一條命才跳樓的嗎？

先不論她是有意還是偶然，但稻村演示了啟用備用性命的方法。

就算我絞盡腦汁思考是不是有其他用法，仍想不到什麼具體方案。

一旦認真探討，就會察覺自身性命的價值。性命的價值並非平等，即使我多了一條命，大概也跟多了一粒鹽巴差不多而已。

我心想，好歹要有一粒草莓的價值吧。稻村確實成了草莓。

有沒有方法可以把空泛的小小鹽巴變成草莓呢？

怎麼可能？我不禁自嘲。

我依然閉著雙眼，摸索般專注在自身的心跳上。

「……」

耳中有許多雜音。

根本聽不到心跳。

隔天我也想著類似的事情，削減著自己的性命，無所事事地度過一天，很有高中生的樣子。我躺在被窩裡，被電扇的擺頭催促著睡意。正當我明明沒有特別這麼想卻仍半開玩笑地感嘆著「啊……青春就這樣浪費掉了」的時候，電話響了。

我嘖了一聲爬起來。

家裡沒人在的時候，電話響很麻煩，因為只能由我去接聽。就算忽視，之後也可能再打來，很煩。雖說大多是推銷電話就是了。

電話沒有掛斷，持續響著。我拿起聽筒，放到耳邊。

夏天讓電話也溫熱起來。

「喂？」

『腰越同學嗎？我家小孩有沒有去你那裡？』

什麼？什麼？突如其來的狀況讓我手足無措，一開始還以為是打錯電話。不過我在腦海中調查聲音的主人，就想到好像是和田塚的母親。和田塚的母親說了「我家小孩」。雖然一下子叫不出名字，但應該是在說那個和田塚吧。和田塚來我這邊？那已經是好一段時間之前的事了耶。

「他沒有來喔……」

我感覺到一股不祥氣息，慎重地回答，接著聽到一聲漫長的嘆息。我開口詢問發生什麼事，和田塚的母親以很低落的聲音回答：

『他從昨天就沒有回家。』

「……呃。」

我掛斷電話以後，呆站在原地好一會兒。

和田塚失蹤了。離家出走了嗎？畢竟現在放暑假，不排除他沒有告知就跑去旅行的可能性，但我認為和田塚不是這麼不負責任的人。若說我們六個人之中誰會擅自採取行動，那應該是稻村和藤澤吧。我在走廊來回踱步，思考他究竟去哪裡。

對父母來說，最不想看到的應該是孩子牽扯上什麼案子。我攤開早上收進來之後沒怎麼看過的早報，雖然覺得應該沒有發生什麼會上報的狀況，但仍仔細地確認每一條新聞。這附近的大事，頂多只有稻村復活這一項，沒有任何可能跟和田塚失蹤有關的事情。

但我不覺得和田塚會毫無理由地消失。

說起來，這世界上不存在沒有理由的行動。

他失蹤的狀況，難道跟我們以及魔女有關嗎？

我看著大門，思索是否要出去尋找和田塚。這種情況下，警察會有動作嗎？照和田塚的母親所說，他沒有留下任何字條，也沒有聯絡。如果他是出於自身意志離家出走，警察應該不會介入，但這次的狀況是他很可能與什麼案件牽扯上了。如果是這樣，警察就會出動。

這麼一來，我還有必要去找他嗎？

「嗯……不對。」

雖然不一定有價值，但一定有意義。

好。我沒有特別準備什麼就出門了。這是我今天首次沐浴陽光。

在夏天出外尋找失蹤的朋友，不覺得很有冒險感嗎？

我刻意樂觀地這樣想。

我想了想和田塚可能會去的地方，卻一個也想不出來。雖然我們是朋友，但不算太有交流，只是我有時候會叫他來做飯而已。我基於已知範圍，決定先走去和田塚家看看。

我想起之前說想要一個人生活的和田塚，或許他只是提早實踐自己所說的話。但不管怎麼說，這也太早了。一定是出了什麼事，一定。

從高處往下看是一座小小的城鎮，但實際走在鎮裡卻覺得意外地大。我不知道自己可以做到什麼程度，但總之先在鎮上繞繞吧。儘管不保證他還在鎮上，但我的活動範圍頂多這麼大，只能先在鎮上尋找。

我來到搬家後的和田塚家門前，看了看庭院，想說應該不用特地打招呼。因為和田塚的嗜好是整理庭院和照顧花草，所以這長條形的庭院看起來生機盎然。鋪在地面的白石角落擺了銅瓶。我探頭看了看那三個銅瓶，發現裡面有一大堆青鱂悠游著。這應該也是和田塚基於興趣飼養的吧。

我稍微看了一下這些魚，接著悄悄離去，避免被他的家人發現。

好，這下子不知道該去哪才好了，只能漫無目的地隨處搜索。如果擦身而過的陌生人都能一起投入搜索，應該很快就能找到。不過不可能，因為他人不會順應自身想法行動的程度，永遠超乎人們的想像。

我在毫無準備的情況下，走在夏日中午的豔陽之下，背後和額頭已滿是汗水。

受太陽照射、汗水濡濕的頭髮顯得沉重。我看到前面的陰涼處忍不住躲了進去。

「腰越同學。」

聽見呼喚，我停下腳步，額頭的汗水誇張地直接流下來。

藤澤站在書店前，身上穿著喪禮上看過的制服……咦，現在不是放暑假嗎？

「我剛練完社團要回家。」

「喔。」

她可能從我的眼光察覺到我的疑惑，在我開口問之前就先說明了。

她的一頭黑髮混在入口的陰影裡。這下我才想到，好久沒跟藤澤說話了。

該說什麼好呢？我們又不同校。

「妳是什麼社團啊？」

「劍道社。」

「這樣啊。來買東西？」

「是啊，在等人。你呢？」

「啊……我在找人。」

我刻意含糊其辭。藤澤雖然不解地歪頭，但我也不知道適不適合跟她解釋清楚。她大概發現我在猶豫，於是簡短地結束這個話題。

「辛苦你了。」

我心想，她真聰慧。明明很冷漠，在這種方面卻很得體。

「雖然我覺得一個人找一定找不到，但還是忍不住想找。」

因為我們是朋友。因為我覺得朋友就是這麼回事。

而且我確定如果是我弟弟，他一定會這麼做。

藤澤好像在思考什麼般低下頭，將指尖抵在嘴唇上。

「藤澤？」

「啊，沒事，別在意。」

藤澤搖搖頭。這時有人從書店走出來——是七里。

「妳好慢。」

「囉唆……啊。」

七里看到我吃了一驚，然後看看藤澤，神色非常動搖。

「有點意外……的組合？」

因為我有種七里總是跟稻村在一起的印象。稻村已經可以回家了嗎？

「我們沒什麼交情，也不是朋友。」

我明明沒問，七里卻突然主動否認跟藤澤之間的關係。

七里跟藤澤不同，穿著便服。應該是沒有參加社團活動。

「哎，妳也不必急著否認吧。」

就算是朋友也沒什麼不好啊。

「就是嘛。」

藤澤一副不關己事的樣子附和，七里露出不悅的表情看了過去。

「那我們走吧。」

藤澤輕鬆帶過，並很自然地牽起七里的手。

「妳……」

七里連忙在意我的反應，看了我好幾次。

藤澤則完全不在乎地拉著她的手。

「希望你能找到朋友。」

「啊，喔喔。」

我曖昧地點頭回應她淡漠的鼓勵……我有跟她說我在找朋友嗎？

七里雖然很害羞地抵抗，但途中就安分下來了。

我看著她倆離去時，七里突然回過頭來看我，並用下巴示意我別再看了。

因為她們從沒給我感情好的印象，我等於是看到了意外的景象。

「感覺好像看到朋友出軌的場面喔……」

稻村不會生氣嗎？我多管閒事地這樣擔心起來。

「……嗯～也罷。」

應該有很多事，是我所不知道的狀況吧。很多。

這些「很多」裡面，一定也包括了和田塚。

所以我才會在鎮上四處走走。

這樣的白工持續了將近一星期。

和田塚似乎還是沒回家，也沒有從鎮上消失的蹤跡，什麼都沒有。老實說，我甚至開始猜想他是不是死了。但如果他死了應該可以復生啊……神祕。

我還想，該不會有什麼不可告人的隱情吧。

我不死心地持續探索鎮上，曬了可以把自己曬成乾的大量太陽，整個人黑了一圈。先不論我一身健康的肉體光澤，尋找和田塚這件事依然沒有任何進展。

除了我之外，還有人也在找他嗎？

我心裡抱著疑問，在鎮上即將進入傍晚的風雅時分回到家門前。

不知為何，藤澤居然在我家門前。

「晚安。」

沐浴在昏紅日光下的藤澤頭髮帶著一抹紅，讓我想起當年的魔女。

我因為口渴，特別小心說話時不要造成聲音沙啞。

「唷，一個禮拜沒見了。」

「這我還記得啦。」

我看了看她身後，只有我熟悉的自家，似乎沒有其他人。

「怎麼了？」

「想說七里會不會從我家走出來。」

「為何？」

該說是順應之前的狀況嗎……總之一半是開玩笑。

「我跟她分手了。」

這口氣聽起來彷彿才剛分手。我想她應該也是在開玩笑吧。

「稻村回來了。」

藤澤顯得有些困惑、優柔寡斷地動了動臉頰。應該是在笑吧。

既然稻村回來了……表示她沒用處了嗎？

「找人有成果嗎？」

藤澤馬上變回一貫的面無表情，開口問我。

「至少確定已經不在這一帶。」

「很會說呢。」

藤澤聳聳肩說「我喜歡這樣」。聽她突然說喜歡，我也不知道該怎麼應對。

我盡力不要表現出來，靠在牆壁上，跟藤澤拉開一點距離。

我看著她端正的側臉，心想她有什麼事？

藤澤白皙的皮膚，有如皎潔的月光。

「妳是來問我人找得怎麼樣嗎？」

「我對那件事沒興趣。」

我用眼神問她：「不然是對什麼有興趣？」看著我的藤澤直接回答：

「你啊。」

「呃。」

從剛才開始，她的發言都不禁讓我心痛，好像被她牽著走一樣。

她說對我有興趣，我該怎麼看待這句話？

「你從以前就常常盯著我看，我想知道為什麼。」

「……呃。」

怎麼問這種難以回答的問題。難道她察覺了嗎？

確實，我認為自己一直看著她。雖然我有自覺，但拜託別問得這麼直接。

我雖猶豫，但因為沒有不可告人的動機——應該沒有——所以老實招了。

但我現在實在沒辦法正面看著她。

「……因為我弟弟死了。」

藤澤睜大眼。我不禁搔了搔後腦杓。

「所以我覺得，我和妳應該有一點伙伴意識。」

弟弟和妹妹。我倆都失去了類似立場的對象。我應該是希望有人能理解我吧。

我希望這不是我為自己在意藤澤一事強加理由，也不是太過分的事情。

居然得利用死去已久的弟弟，自己都覺得好想哭。

「啊，這樣啊……」

藤澤大概理解了狀況，點點頭，然後又緩緩搖頭。

「不過我覺得你跟我看待的方式不一樣。」

「當然不一樣吧。」

藤澤背對黃昏的天色凝視著我。

「這是我揣測的結果，你是不是覺得，應該要連同弟弟的份一起活下去？」

雖然先打了預防針，不過她真的很聰慧，被她看穿了。

「嗯。」

「我跟你正好相反。」

「相反？」

跟我正好相反……呃？我想要「連同弟弟的份一起活下去」的相反？

連同弟弟的份一起死嗎？什麼跟什麼啊。

「失蹤的是和田塚？」

馬上被她說中，我不免噤聲。

「你不說話就等於默認喔。」

「唔。」

看來已經無法用謊言糊弄她。不過我想，讓藤澤知道應該無妨。

「對，和田塚不見了。麻煩妳不要張揚。」

藤澤沒有回話，只是看著前方。她看過去的方向只有我家隔壁鄰居的房子。

除了映入眼簾的景色之外，她是否想起了什麼呢？

「跟魔女有關係嗎？」

「不知道。」

藤澤顯得不太關心地別開了眼。

「就算有，除了魔女以外也無法處理吧。」

我看她說得一副心知肚明的樣子，忍不住「喔」了一聲。

「妳很清楚嘛？」

「只是說說而已。」

「我想也是。」

藤澤還滿常說謊，而且都是說些無傷大雅的謊。

如果在有意義的事情上說謊就傷腦筋了。

「我試著到處尋找，但沒有結果。」

「你用錯方法了。」

我對如此斷言的藤澤保持沉默，接著順勢問她是什麼意思。

「和田塚是個看起來不太和善，也沒什麼朋友的人對吧？」

「大概是。」

先別吐嘈她有什麼資格說這種話好了。

「既然這樣，」藤澤繼續說：「只有你會基於朋友的立場尋找他。我認為這一點很貴重。」

她的說法聽起來像在提醒我：「你應該要好好利用這一點。」

基於朋友的立場才會有的搜尋方式——我完全沒有過這樣的念頭。

沒想到藤澤竟然想得到這一點。

「嗯～嘿～喔～」

「你什麼意思啊？」

「只是有點意外妳也會說出帶感情的話。」

「沒禮貌。」

藤澤似乎有些不悅地皺起眉頭。

「你以為我只是個單純的大木頭對吧？」

「沒人這樣說喔。」

但藤澤似乎覺得我是拐了個彎這樣說，於是出口反駁：

「我只是覺得沒價值的事物太多了。我只專注在有價值的事物上，並會表示敬意。」

藤澤的敬意又是什麼形式呢？感覺會像金平糖那樣柔軟又帶刺。

「對妳來說有價值的東西是什麼？」

「過去。」
毫不猶豫地回答後，藤澤撐了一下牆壁起身，將雙手背在腰後往前走去。
「明天應該也會很忙，我先回去了。」
「啊，社團活動？」
「差不多。」
藤澤輕輕回頭瞥了我一眼，說聲「拜拜」之後離開了。她的背影是那麼濃重，導致連長長延展出的影子都顯得淡薄。孤單的藤澤好像不知道該拿自己的雙手怎麼辦，有點誇張地垂著手行走。
既然有價值的是過去，那麼明天的藤澤會是怎樣的心情呢？
若有機會真想問問看。
「……哈哈哈。」
果然我還是很在意藤澤。
不需要沉浸在小學生的情緒之中，找出某些最根本、不會改變的事物。
從那裡溢出來的，是一股溫暖、類似安心的感受。

「以朋友的身分啊……」

踏進家門後，我沒有走進屋內，而是坐在走廊歪頭思索。

我正在思考和田塚的事情。

這很明確地是在浪費生命。

不侷限於思考，舉凡走路、吃飯、睡覺，不管做什麼事都會平等地削減生命。

沒有任何行動不需要消耗生命。

為了朋友賭上性命。這聽起來很棒，不是嗎？

當我意識到這一點，心中那片朦朧的霧靄隨之散去。

視野清晰開闊，甚至閃閃發光，足以曬乾表面。

思考。思考什麼？從更高的角度去思索「思考」這件事本身的意義。

我與和田塚是怎樣的朋友？

兒時玩伴，現在則是他偶爾會來幫我下廚……想到這裡，我發現盲點了。

沒錯，我們是這樣的關係啊。

我馬上走進屋內，從皮包抽出一張千圓鈔，跑去廚房。

接著將鈔票放在桌子角落。

我能以朋友身分做到的，大概只有這個。

因為我跟他就是這樣的朋友。

只能在沒能確認我倆聯繫有多緊密的情況下抓住這點，垂下，等待時機來臨。

會扯斷？還是會鬆弛？或者能夠抓住呢？

與其說這是祭品，我抱著希望能更接近現實一點的期望，留下千圓鈔離開。

隔天早上，應該緊閉的門打開了。這個狀況足以壓下一早就要降臨的高熱，充分給我將有什麼事情要發生的預感。我連衣服都沒換就走出房間。

然後在盛夏季節的廚房整個人僵住。

冒著熱氣的早餐放在客廳的餐桌上。

「……」

在我說不出話的期間，心裡陣陣大浪起伏。

我有如側腹被猛揍了一下扭身，步履蹣跚地窺視廚房。

廚房裡的千圓鈔消失了。

我一個踉蹌後退，因為雙腳彼此絆到差點跌倒，只能急忙按著牆壁撐住。

心裡想著「等等、等等，不是這樣吧」的我來到走廊，抓起電話。沒辦法在不查找號碼的情況下撥號出去的我，打開旁邊的筆記，焦慮翻找著想要撥打的號碼，找到之後立刻撥號出去。過一會兒，電話接通到父親工作的公司，而且運氣很好，剛好是父親接起電話。

「啊，爸爸。」

『喔喔？怎麼了？』

父親難得接到兒子打來的電話，顯得有些緊張。

沒關係，雖然茲事體大，但不是什麼大不了的事。

「你有拿走桌上的千圓鈔嗎？」

『千圓鈔？』

「對，你有拿走嗎？」

『不，我不知道喔。』

我發出「啊哈」的聲音。

「那就沒事了。」

『你啊，懷疑你爸喔？』

「沒有啦，工作辛苦溜。」

我因為太興奮，連話都說不好，就這樣掛斷電話。

接著又立刻拿起聽筒。

一樣翻找出電話號碼，打去母親的公司。

『啥？早餐？』

「謝謝妳做這麼豐盛的早餐給我。」

『沒想到你會這麼感動，媽媽好開心。』

「這就不必啦。」

我開心地掛斷電話後，回頭直盯著裡面的牆壁看。

這裡嗎？在這裡嗎？

哈哈，哈哈哈。

「哈、哈哈、哈——哈——哈——」

我一面誇張地大笑一面回到客廳，早餐還好好地擺在桌上。

我指著電視前面，心想你是不是在那裡。

「還是在那裡？那裡？那裡嗎？」

我接連指向房內各處，但沒人回應，只有些許塵埃飛舞。

我不知道發生了什麼事。

但是……

我一屁股坐在桌前。

至少……

「你在這裡吧。」

我看著眼前的豐盛早餐，心中滿是難以言喻的滿足。

居然在開動前就能讓人滿足，這些餐點真是了不起。

「找到了嗎？」

大概是從我的躍動感受到欣喜之情，藤澤這麼問我。

這是當天晚上的事。

我想跟她報告，卻不想透過電話，於是在晚間出門散步，並在半是偶然半是有意的情況下遇見藤澤。藤澤不知道是不是累了，總覺得她一直嘆氣。

但我樂到無法顧及她的狀態。

「不，還沒找到，但他一定還在這座鎮上。」

「這樣嗎？」

「嗯。知道他還活著，我真的高興得無法自已。」

他還活著，也跟我還有一定的連結。

生命這種東西，光是知道還存在，或許就很充分了。

所以，其實還不用急著決定要怎樣使用生命，不需要勉強自己煩惱這些問題。

活著本身一定有意義。

我現在只想珍惜這爽朗的心情。

「明明是晚上卻覺得爽朗……呵呵呵。」

我因為自己說出精心的三流笑話樂不可支，看到藤澤也難得地微微勾起嘴角。

「你果然變了。」

「是嗎……嗯，可能是吧。」

雖然我已經忘記以前的自己是怎樣的人，但藤澤似乎給予正面肯定。我覺得現在這個能被人肯定的自己值得驕傲。

我想弟弟一定也能接納我吧。

還有……

「我說，藤澤啊。」

「什麼事？」

在她回過頭來的時候——

我眼中看到的線條扭曲。

夜晚與電線桿歪扭變形。

我知道自己漸漸無力、虛脫、發軟，宛如整個人對折那樣倒下。

腳底和膝蓋使不上力，我倒在路中央無法動彈。

「腰越同學？」

藤澤雖然出聲叫我，我卻無法好好回應。每每冒汗，就覺得自己逐漸失溫，感覺好像身上的東西正迅速流失。我的呼吸「呼、呼、呼」地變得侷促，好像緊緊抓住了什麼一樣。

「該不會……」

藤澤好像嘀咕了些什麼，但我聽不清楚。紊亂的呼吸抹去一切。

聲音好近。

自己的聲音太近了。

而且還有完全不同的別種聲音。

某種東西伸長過來的聲音在腦海中響起。

像是嘎吱作響地攤開來一樣。

「我就知道事情是這樣……看樣子必須跟你道別了。呃……嗯，腰越同學。」

深深嘆一口氣之後，藤澤乾脆地拋下一句切割的無情話語。

如果藤澤的見解正確，就是我將在原因不明的情況下死去。

瀕死之際，我心底有股看清一切的想法。

不過，我虛張聲勢般曖昧地笑了，反正馬上就能再見面。

我應該會像稻村那樣死而復生。就算不是絕對，也值得這樣相信。

如果我起來了，再繼續這個話題吧。

我有如被早一步造訪的秋天包圍般顫抖起來。

眼頭也像被布遮住，視野逐漸轉暗。

胸口好痛。後頸好像整個繃緊一樣很難過。這越發嚴重的窒息感代表了死亡嗎？棺材或許就是指死亡這個狀況本身。

真想快點結束，然後重新開始。

胸口的心跳……心跳……已經聽不見了。

……咦？

我最後一次感覺到心跳，是什麼時候的事？

從黑暗的角落。

傳來小小一聲「沒辦法」。

……什麼沒辦法？

「因為你已經是死第二次了。」

我說了，這樣很危險。

當時我確實這麼說過，也試著阻止，但當下沒有停止是她的責任，承擔結果的也是她自己。應該說，我都出面阻止了，當然沒有任何責任。甚至可以說她應該感謝我。但不論提出多少「應該說」和「甚至」，都無法平息那股怒氣。

那傢伙雖然冷漠，情緒的起伏卻很劇烈。當她真的生氣瞪人的時候，會露出咬緊的牙根，那應該是習慣動作吧。直到現在，這個舉止都伴隨著想要咬死，又或彷彿咬牙強忍著什麼般的激情。

在葬禮上，我第一次被那雙眼直直瞪著。彷彿在責備我說一切都是我的錯，那傢伙的雙眼與嘴角已顧不得悲傷，變得非常凶狠。我已經準備好要在好朋友的葬禮上哭得死去活來，眼頭卻在那一瞬間乾涸。

睜大的雙眼絕對不會濕潤。

從那之後，我開始覺得自己很沒出息。我知道自己總是顧慮周遭狀況，變得畏畏縮縮，但我認為那傢伙就是值得我如此警戒。

而且，更重要的還有一點。

我的每一天，都在半夢半醒之間徘徊，非常糟糕。

原因之一，就是現在還一臉想找我報仇的那傢伙。

更恐怖的原因還有另一個。

這一切，從藤澤的妹妹死去，就開始發狂了。

七里

「偶爾想起小時候，我都會覺得很想死。」

「那要死死看嗎？」

「先別了。」

這是稻村第一次死亡一星期前左右發生的事。

我剛參加完社團活動準備回家，稻村則是閒著沒事殺時間，我們兩人就一起去迴轉壽司店疊盤子。我們偶爾會像這樣在放學後去吃迴轉壽司。載著連騎腳踏車都懶的稻村，一起去回家路上的壽司店小憩片刻，已經成了我小小的樂趣。順著轉台過來的壽司盤子色彩繽紛，光看都覺得清爽。

「小黃瓜捲好好吃。」

「虧妳可以這樣吃個不停耶。」

「我可能有成為河童的天分。」

真單純耶。稻村一面拿下沾在手指上的飯粒，一面歪頭說：

「河童有鰓嗎？」

「不知道。我沒有認識河童，所以不清楚。」

我轉向旁邊看看，掛在牆上的河童吉祥物上看不到鰓。

稻村算是我的兒時玩伴，從念幼稚園開始就幾乎一直在一起。剛好我們住在隔壁，所以對這種事態發展也從未有過任何懷疑。

我們年紀一樣、住得近，而且總是一起上學、一同玩耍。

但我從以前就思考過，為什麼我們會在許多層面相差這麼多。

我能夠贏過稻村的地方，頂多只有身高而已。

「這迴轉的盤子真好呢……」

稻村趴在吧檯上，凝視著眼前正在迴轉的轉台。

眼神溫柔得像在欣賞屋簷下的風鈴。

「我覺得看起來很清爽。」

「自行轉來轉去感覺很開心。」

「是喔。」

過去稻村憑著一身才華活得開開心心，曾幾何時變成這樣的廢人。她就這麼厭倦這個世界嗎？

稻村手拄著臉頰發呆，原本就顯得細長的眼睛因此瞇得更細。
「人也是這樣呢，有種隨波逐流的感覺。」
接著小聲補了一句「什麼都不用做也一樣」。
「我是不是有一天也會被吃掉啊。」
「沒有人會想吃掉乾枯的妳啦。」
現在轉過來的是鮪魚。它已經在上面繞了幾圈啊？都沒人拿呢。
我們也送走了它。
稻村還是趴著，眼睛瞪了過來。
「七里也是？」
「結帳了。」
「啊啊。」
我們各付各的之後走出壽司店，稻村跟在我後面強調說：
「我肥肉不少喔。」
「我喜歡清爽的。」
我載著稻村，努力踩著腳踏車的踏板。從沒有多重的手感或說腳感來看，我心想她也沒多少肥肉。

傍晚的天空比白天更溫和，夕陽填滿整座城鎮。徐徐吹拂的清風，彷彿大舉將夏季從遠方牽引過來般，帶著微微熱度。夏天又要到來了嗎？

「今天也是平安無事地度過了呢。」

稻村在後面「哇哈哈哈哈」地大笑，讓我有點不悅。

「那是因為妳什麼都沒做啊。」

就算什麼都沒做，也可能有事情發生。

但如果主動出擊，發生事情的機率就會提高。

「加油喔。妳想做就可以做到吧。」

因為我一直陪伴在她身邊一路看過來，所以可以掛保證。

什麼事情都難不倒稻村

稻村把臉貼在我的背上代替回答。輕柔的吐息溫暖了背上一塊極小的部位，讓我有點起雞皮疙瘩的感覺。但因為我在騎車，無法回頭看。

「如果是這樣就好了。」

我還不知道她隔著我的背吐露的低語，究竟代表什麼意義。

騎上平緩的斜坡，穿過大量觀光客前往神社所走的大馬路旁，來到靜謐的住宅區。繞過電線桿與枯萎大樹醒目的轉角空地之後，來到稻村家門前，停下腳踏車。

「嘿唷。」

我把稻村像貨物一樣甩下來，她發出「嗚耶～」的聲音抱著書包下車。從小學高年級開始，我跟稻村的身高就有了明顯差距。我很順利地長高，但她幾乎沒怎麼長，臉上留有幾分稚嫩，跟妹妹頭髮型相輔相成。

「妳溫柔一點嘛。」

愛睏下垂的雙眼半開玩笑地責難我。

「之後再說，之後。」

我隨便應付過後打算回家，但是……

「欸～七里。」

「怎麼？」

我聽到呼喊轉過頭去，才發現她已經站在我躲不開的位置。

嘴唇相疊。

牙齒也撞在一起。

她馬上放開，踮高的腳跟縮了回去。

我張口結舌說不出話，稻村「嘿嘿嘿」地笑了。

「妳喔。」

「懷念嗎？」

「撞到門牙了啦。」

我輕輕打了稻村的額頭，然後別開視線搔搔脖子。

「……我不是才剛說過不喜歡從前嗎？」

從前可以純真看待，但現在會覺得害羞。

「我倒是只喜歡從前的時光呢。」

「為什麼？」

「妳長大之後就會懂了。」

接著她輕佻地拍拍我的肩說：「哈哈哈，哎，好好學習成長吧。」

「妳幹嘛這樣，煩耶。」

「小七，拜拜。」

「這什麼第一次聽到的外號。」

我輕輕揮手跟她道別，踏入自家。

目送她離去之後，用手指碰了碰下唇。

「……好歹選一下親的位置啊。」

畢竟可能被人看到。而且我記得以前都是親額頭。

……算了，無所謂。

看著那小小的背影一如往常蹦蹦跳跳，即使司空見慣，也忍不住輕笑。

……希望妳能像這樣一如往常地生活。

但在各種理所當然堆疊之後，稻村死了。

為什麼這麼悠哉的人會去跳樓自殺？

就算是好朋友，也無法完全理解對方的心。

那麼，所謂的朋友，究竟是有什麼價值的人際關係呢？

我看稻村上了電視節目，過一會兒才轉台。實在沒必要隔著電視看一張之前每天都會看到的臉。

「××真厲害呢。」

坐在我對面吃著麵包的母親深有所感地嘀咕。母親有去參加稻村的葬禮，也是被嚇傻的人之一。母親嘴角沾著麵包屑，含糊地笑了。

「這算厲害嗎？該怎麼說才好……」

「就是個怪胎而已。」

而且是個超級大怪胎。但我現在沒心情說太多稻村的事。

吃完早餐準備出門的我，看了看拖鞋櫃上方的時鐘，才發現晨練時間早就過了。雖然身為社長的責任讓我有點過意不去，但發生那種事情之後，我實在無法集中精神揮竹劍。我穿好鞋，走出家門。

其實我很想請假。

走出來馬上來到稻村家門前。現在別說稻村，可能連她父母都不在家。她應該在醫院檢查，或者……希望不會演變成下次倒下之後就再也無法起來的事態。我看了她家的門一會兒之後才離開。

路旁的花草給初夏早晨增添幾分色彩。天氣無比晴朗，但我可能是受到情緒影響，覺得視野有些灰濛濛。我們居住的小鎮是能稱之為古都，並有那種氛圍的地方。據說如果稍微挖掘一下民房地下，或許有機會挖到千年前的地層。我也聽說過有人因為想蓋房子而去調查地下，結果找到鎧甲和日本刀一類的東西。

或許就是因為住在這樣的鎮上，我家裡也擺了日本刀和鎧甲一類的東西當裝飾。

也許只是家人的嗜好。

我邊走，邊思考死去的稻村是怎麼復生的。

儘管她是個才華洋溢的人，但也沒有超過人類常識的範疇，所以當然不會是搞錯了或者開玩笑之類的狀況。我用力踏在地面上，認為絕不可能是這樣。

輕佻看待稻村之死，只會讓我感到無比不快。

果然是那個魔女嗎？除了她以外，我們沒有遇見過什麼奇異的人物。魔女給我們的果實使我們得以長生……雖然有點難以置信，但事情可能真的是這樣。也就是說，我同樣能死一次不會有事……大概是這樣吧。

我俯視胸口，水手服的領巾有些往右歪。我將領巾調整好，呼了一口氣。

就算能夠復生，我也不想嘗試。

稻村還記得野外教學的事嗎？

即使記得，她相信那可疑魔女所說的話嗎？

死而復生之後，她本人滿意嗎？

沒完沒了的疑問冒出來。

「我……」

對於稻村復活一事，我無法判斷自己高不高興。

雖然應該不可能不高興，卻很難整理心中複雜的情緒。從我聽到稻村死了之後，思緒彷彿拖拖拉拉，就算有感情變化也只是上上下下，將一切抹煞。如果她死了之後可以馬上復活就好，卻隔了整整兩天。
我完全不記得自己是怎麼度過那兩天。
一想到她如果沒有起來，那樣的時間將永無止盡延續下去，就覺得無法接受。
稻村的死對我來說，有如整條左手臂被砍掉了。
這樣的感覺一直持續。
真的，完全不能接受。

隔天放學後，有位女生很稀奇地開口叫我。是藤澤。
我看到她，視野中的黑色占比一口氣增加。那抹黑令我羨慕，也令我痛恨。
「妳不去社團？」
即使有人死而復生，這傢伙也毫不在意。她的神經應該有什麼問題吧。
「今天請假。」
正確來說，是今天也請假。
「嗯哼。」
我簡短地跟副社長說完，她給了我一個有些挑釁意味的回應。

但這可能只是我對藤澤的舉止感到煩躁。

「幫我跟大家和老師說一聲。」

「沒辦法，因為我也要請假。」

藤澤舉起手上的書包聳聳肩。我簡短地回一句「啊，是喔」。

……所以她幹嘛來找我？

一定有什麼企圖——我心裡正這麼想的時候，藤澤說出意外的話：

「要不要一起回家？」

「……啥？」

我沒有當下說不要，表示我已經長大了。

若要我在不怕產生誤會的情況下，發表我對藤澤的看法，那就是討厭。

雖然我們不是鄰居，但畢竟念同一所小學，所以常常見面。當時的她跟現在差不多，就是一張撲克臉……等等，不太對，應該說總是板著臉。而且她話不多，很少人知道她在想些什麼。或許因為這樣，我沒看過她跟朋友一起行動。

她總是一個人。

我好像只看過一次還兩次藤澤的笑容，而且是在最尷尬的狀況下打了照面。在那之後，我只知道這個不知在想什麼的傢伙，個性非常糟糕。

如果只是這樣，她也只是個陰沉的人而已，但她對我來說不僅如此。

贏不了。

不管比什麼都絕對贏不了她。

並不是說藤澤居於頂點，稻村其實一直處在比藤澤更高的位置。

但不知為何，藤澤永遠在我之上。

或許就是所謂的天敵。

現在，我卻不知為何跟這樣的天敵並肩而行。

「……好奇怪。」

我到底是什麼時候答應她一起回家？

附帶一提，過去我們從未相親相愛地一起回家過。

氣氛超級尷尬，我甚至不知道為什麼自己會牽著腳踏車用走的。

明明是藤澤邀我，她卻一句話也沒說。當然，若她搭話我也很頭痛，所以不說話還輕鬆一點。但既然如此，她為何找我一起回家？

太陽彷彿因夏季到來而雀躍不已地高高在上，傍晚遲遲不願到來。空氣帶著溫度，光是走在路上，就好幾次有種撞到厚重透明窗簾的感覺。

「蟬開始叫了。」

藤澤彷彿看著大樓另一端嘀咕。我心想「是這樣嗎？」並豎耳傾聽，卻只聽到車輛駛過的聲音和觀光客的喧鬧，聽不見蟬鳴。該不會連在這種方面都輸給她吧，真是傻眼。

「我不喜歡夏天。」

「是喔……」

我跟她在社團活動時也沒怎麼說話，實在很難掌握該怎麼與她交談。

我正覺得困惑時，藤澤轉過來面向我。

「稻村不在，妳會覺得寂寞嗎？」

「啊？還好……」

不管在不在，那傢伙……本來想這麼說的我停下來。畢竟她死過一次。

雖然狀況很亂，但我還是不想說出「她死了」這種話。

「她只有一天不在吧。」

正確說來，她死亡之後已經過了三、四天左右。稻村的屍體在我身邊。

俯視靜靜沉睡的她時，那種腦袋一片空白的感覺，還沒有填補起來。

「就算只是要我跟那樣的對象分開一天，我也不要。」

「……咦？」

雖然藤澤一臉平常，說出的回答卻令我意外。我有點在意，但也沒跟她熟到會想仔細問清楚。

我說話不禁帶刺。

「那樣的對象是什麼意思？」

「會接吻的對象。」

我的意識搶在腳步之前衝出，有種被踩爛的感覺。喉嚨跟脖子彎曲，好像兩條相反的斜線重疊。

「啥、啊？啊、耶？」

我慌亂到不禁自嘲。看到我手足無措成這樣，藤澤應該很滿足吧。

但她沒有笑我，淡淡地繼續說：

「野外教學的時候，妳們不是那麼做了嗎？」

我差點驚呼：「妳看到了？」

我一一明確地想起當時是洗完澡、在住宿地點外面、稻村強迫之下接了吻，感覺臉頰跟耳朵好熱。我沒辦法一鼓作氣揮拳趕跑腦中這些景象，只能輕輕地像甩鐘擺那樣甩甩手。指尖彷彿麻痺般微微顫抖。

為什麼偏偏被這個人知道了。

「感情好很好啊。」

「不、不是，應該說，那時候還小，與其說感情好……」

我想起上禮拜我們也接吻過，不禁慌張。

「所以我才說妳們感情好啊？」

「不，呃……應該、是吧。」

我接不下話，不禁低下頭，看著因為不悅而焦急地動個不停的指尖。

藤澤是怎麼看待我們的呢？

想到這裡就覺得腦袋一片熱，身體卻發寒。

「七里同學。」

「……幹嘛……」

我突然想，她之前是這樣叫我的嗎？應該說，她好像沒有叫過我的名字吧？

藤澤靠近一步、再一步、又一步。正當我驚訝地想「怎麼了？她為何如此靠近」時，她有如練劍道時才會做的那樣，迅速一個大跨步。

在我心想「她逼過來了」的下一秒，藤澤吻了我。

無關乎嘴是不是被堵住，我停止了呼吸，看著藤澤頭部後方的遠處。

這裡是馬路上。

而且是放學時間。

很可能會被別人看到。

我跳開來，大吃一驚。

「幹什麼啊啊啊啊啊？」

我知道自己的眼睛如同字面所述寫滿了問號。

藤澤還是一如既往，也不見她有害羞的樣子，輕輕撩起掛在耳上的頭髮。

「欸，等等，妳、妳這、那個，變態！」

「說得真過分。那麼，稻村也是變態囉？」

「這！或許是吧！」

藤澤非常稀奇地抖著肩膀「咯咯咯」笑了。

「哪裡好笑啦！」

「沒有，只是覺得突然這樣做還滿失禮的。」

「就是說啊！」

「下次我想做的時候會先徵得妳同意。」

「就是……咦？」

「明天見。」

藤澤彷彿要脫口說出「願妳平安」般，舉止清純可人地離去。我卻因為到底是要衝上去抓住她肩膀說「混蛋給我等等」，還是衝到她面前攔住她，或者是直接當場發火才好而煩惱著。

我氣得直跺腳。

「什、什、什……」

那傢伙是什麼意思啊。

死而復生的兒時玩伴，以及突然吻我的死對頭。

我已經搞不清楚現在到底是什麼狀況，總覺得諸事不順，被肉體囚禁的靈魂發出慘叫。

回家之後，我先為了抑制頭痛而服藥，在腦袋一片茫然的情況上樓之後就昏倒了。甚至撐不到床邊，直接倒在地毯上，彷彿人體模型崩解四散那樣嘩啦嘩啦掉落在地上。

「那傢伙搞什麼啊那傢伙搞什麼啊那傢伙搞什麼啊。」

明明腦袋昏昏沉沉，雙眼卻熠熠生輝，害我無法冷靜下來。停下腳步之後，更覺得心跳劇烈，耳中只聽得到自己的心跳聲。

藤澤到底在想什麼？怎麼這麼突然？而且偏偏是對我？

野外教學的時候也是，她突然就吻了魔女。

難道那傢伙有這種癖好……興趣……不不，那次是為了救人。那麼，我這次呢？我不禁碰了碰嘴唇。藤澤的嘴唇觸感已不復記憶，腦中一片空白。

果然與稻村的嘴唇相比，厚度和柔軟度都不一樣嗎？

「……這不重要吧。」

比較也完全沒有意義啊。

「……」

包含稻村在內，既然她們願意吻我，代表她們並不討厭我吧。

換句話說……

「什麼？原來那傢伙喜歡我喔……」

我想起過去，心想怎麼可能。我永遠忘不了那輕蔑的眼神。

而且喜歡是什麼意思？她是女生，我也是女生。

就算在幾近不可能的情況下來說，真的是那樣好了，但我討厭她啊。突然被討厭的對象親一下，只會覺得噁心吧。應該，肯定如此。

「……討厭，啊啊啊、啊、啊啊啊……討厭啦。」

即使我想像孩子那樣胡鬧地抗拒，也提不起勁來。

我像是被毆打了鼻子，變得溫順許多。

對藤澤來說，我算什麼？

我明明把她當對手看待，浮現的情緒卻不是這樣。支離破碎，陷入混亂。

滿腦子想的都是藤澤，暫時忘記了稻村。

比起死人，活人的作為更加擾亂我的心。

果然，活著就是這麼一回事嗎？

「……什麼啊？」

不好笑的玩笑讓我覺得丟臉起來，把額頭按在地板上。

眼底冒出熱度。

隔天，在很多層面上，我都覺得去學校很痛苦。

如果藤澤又向我搭話該怎麼辦？如果她又想親我該怎麼辦？腦袋裡的溫度比夏季氣溫還高，如果我堅持說自己發燒了，應該不會有人起疑。

我將手放在額頭上，確實溫溫的。

不合暑氣的溫度讓我擔心要是放置不管，腦袋是否會被煮熟。

這一切都是藤澤不好，都是她的錯。

應該說，為什麼她們都想親我？我這麼多破綻嗎？

藤澤跨步過來偷襲我，我卻沒有任何反應，好不甘心。

「……對了。」

稻村死去的那天，我也是因為這樣才輸給藤澤的吧。

一開始是擺好架式，讓對方攻過來的練習。比方露出前臂，或舉高手臂讓對方比較容易命中軀幹……大概持續一分鐘這樣的練習。然後，我因為被藤澤隨心所欲地搶攻，變得有點不高興，不知不覺就變成我採取攻勢。

然後連一下都沒打中，輸了。

這可不是遜斃了可以形容的狀況。

丟臉的感覺在練習之後依然無法消退，我只能不斷揮舞竹劍。稻村就是在這之間死去的。

如果沒有發生那件事，我可以早點離開道場，稻村是不是就能免於一死呢？但這也可能只是把她當天會死的狀況，延後到隔天才發生。

不過，能以區區人類之力延長一個人的壽命一天，或許已經很不得了。

連醫生可能都無法做到這點。

我也許可以留在家裡，但這麼一來，等於在逃避藤澤。為什麼我非得被那種人影響情緒？這樣的反抗心理振奮了我，而且再過不久就要放暑假，見到她的機會將會少很多，所以我就依照「這樣下去總是有辦法」的樂觀想法行事。

怎麼可以就這樣認輸。我堅毅地去上學。

「早安。」

卻在鞋櫃遭到偷襲，完全傻眼。

藤澤一面用手順著頭髮，一面出聲迎接我。

我好幾次強行轉開差點要集中在她嘴唇上的目光，佯裝平靜。

「妳該不會在等我吧？」

「嗯，是啊。」

「為何？」

「當然是因為……」

藤澤右腳往前跨一步，我察覺之後誇張地往後仰。

後腦杓直接撞在鞋櫃上，眼前一陣昏花。

「好痛……」

與美麗的早晨時光不合的破壞性聲響震撼我的腦海，感覺鞋櫃不斷旋轉。

「妳怎麼可以不顧後果地躲開呢？」

這種高高在上的說話方式真討人厭。

「原來如此……妳是為了捉弄我才在這裡等我的吧？」

這人個性真的很差，而且她居然沒想過要改善，簡直不敢相信。

我按著頭，抬眼瞪她。

這般反應似乎讓藤澤滿意，她笑了。

像個小孩一樣張大嘴，爽朗地笑。

平常總是像背負著什麼沉重事物的嚴肅臉孔，暫時獲得解脫。

「……」

我無法責怪她。

「我先走了。」

藤澤開玩笑地補一句「後果太可怕了」之後，先行離開。

我摸著沒有被奪走的下唇，低語出自身所感。

「那傢伙，原來也會這樣放聲大笑啊……」

看到藤澤不為人知的一面，我有點不知該如何是好。

也沒辦法立刻追上去抱怨幾句。

我第一次輸給藤澤，是在小學一年級的躲避球對決裡。我們在休息時間找了班上男女生一起打躲避球，那時候我被藤澤的球打中，而且命中了以額頭為中心的上半臉，也就是剛好不會打到鼻子的臉部。一開始我只是非常不甘心，但畢竟是團體運動，我也沒有特別注意她，當時就只是這樣。

等到了在海邊練劍那次，藤澤的存在感就很明確地突顯出來。

我們參加兒童會，到當地的海邊玩耍。大人發給我們運動練習用的軟刀，裡面有小太刀和長刀。我覺得長一點的比較帥氣就選了長刀，藤澤選小太刀。我跟其他孩子們開開心心地揮著刀玩耍，也沒有什麼規則可言。

然後，跟藤澤交手的機會到來。

對峙的時候我才想起，她就是拿躲避球砸到我的人。當時我想著要好好報這個仇，於是非常認真地揮刀，但藤澤用小巧靈活的小太刀接連化解我的攻勢，並打中我的腳和臉。

我陷入混亂。

她的動作明明沒什麼突出之處，為什麼會這樣。

我無法理解藤澤的刀是怎麼鑽過來的。

現在也是，其實我的動作比較快，可是仍只有藤澤的劍打中我。

藤澤還是會輸給其他人，並非無敵不敗。稻村還比較適合無敵這個稱號，其他人的刀甚至根本碰不到稻村。不過，我一開始就知道自己根本贏不過稻村，也不至於因此感到悔恨。

我挑戰藤澤好幾次，儘管途中她開始覺得麻煩而瞇細眼睛，但仍不發一語地持續打敗我。我因為疲勞導致動作單調，反而更輕易被她化解攻勢，最後甚至在被沙絆住腳跌倒的時候，遭到她一舉砍頭。

如果我們手上拿著真刀，我不知道已經死了幾次。

藤澤俯視倒地的我，嘴角上揚，眼中充滿蔑視。

那是打從心底侮蔑的態度。

足以刻劃在腦海深處的恥辱與憤怒在此完成。

從那之後，我的人生目標就是打倒這個叫藤澤的人，要瞧不起她。

我的目光總是跟著藤澤。

不論是她在野外教學成為組長的時候，還是我國中輸給她的時候。

以及高中輸給她的時候。

我的人生總是被敗北的記憶填滿。

就是因為習慣了結帳工作，才必須更專注精神。

我告誡自己，不能因為這裡比家裡涼快就太鬆懈。

除此之外，明明人不在場，我仍在心裡燃起「不能原諒藤澤」的熊熊競爭意識烈火。

暑假期間，我選擇了超市負責收銀的短期打工。

主要動機是我有種去打工也是一種經驗累積的想法。雖然是自評，但我認為自己的價值觀、判斷標準皆屬中庸，會依循多數人的意見，也會遵守所謂的道德良知規範。但或許因為我極度貫徹這樣的原則，也曾因此被人討厭過。

我唯一堅持的，只有對藤澤的敵意。

在母親介紹之下獲得這份超市打工的我走在店裡，心生一股獨特的感慨。現在的我，居然成了這家曾跟稻村一起來買零食的超市店員，讓我有種真的長了歲數的感覺。稻村還沒回來，而我每次在電視上看到她，都忍不住咒罵「笨蛋，暑假就這樣浪費光了耶」，然後馬上關掉。

就算電視節目拿稻村的死當題材大肆報導，也不是什麼太有趣的內容。

不過那傢伙滿意就好了吧。

這裡畢竟是超市，所以不太有機會撞見同班同學。小學生就算了，高中生基本上不會跟父母一起來超市採購。我只在結帳區遇見過腰越，他因為家庭狀況必須自炊，讓我有點佩服。

腰越現在變得很好聊了。據我所知，他應該不是這樣穩重的人，但他的內心應該也隨著身高成長，變得成熟了吧。

一直抱著過去對藤澤的不滿而堅持到現在的我，或許也該學著成熟一點。

但其實我從來沒有這種念頭。

最不想見到的人，一副理所當然的樣子來到我面前。

「妳是不是跟蹤我啊？」

購物籃裡只放了花枝生魚片的藤澤聽到我帶刺的聲音，顯得相當開心。

「三角頭巾很適合妳呢。」

「拜託妳不要跟著我。」

「妳差不多該回去社團練習了吧？」

這傢伙完全不聽人說話嗎？

這時，我發現她穿著制服。

「今天應該不用練社團吧？」

「我只是覺得選便服很麻煩。」

藤澤丟出這句回答，一副要表達「所以制服比較方便」的意思。

「……怪胎。」

但她確實適合穿制服，那頭烏黑亮麗的秀髮不論搭配夏季制服還是冬季制服都非常好看。

「妳用這種態度待客好嗎？」

「囉唆。」

我拿起花枝生魚片包裝刷條碼。買一包這種東西是能幹嘛？當小菜嗎？

我想快點結束這個狀況，於是迅速完成收銀工作。我說出金額，藤澤卻在看別的地方。順著她的目光看過去，那裡什麼都沒有。後面只有販賣海鮮的區域。

「我只是在想，當年跟妹妹一起來過呢。」

藤澤說明她到底在看什麼。居然……

「妳有妹妹？」

「以前有。」

我一開始以為她在開玩笑，但聽她淡漠地以過去式述說，也察覺到了其中理由。藤澤一向乾啞的聲音，感覺變得有些哀愁。

「這樣啊。」

「嗯。」

藤澤沒有挑釁、沒有揶揄，只是老實地認同。

她是一個不說謊、不偽裝的人。

對藤澤來說，妹妹應該很寶貝吧……原來藤澤也有疼愛的對象。

我還以為她的人情味是負值。

不過這或許是我把她當敵人看待才抱持的偏見。

「啊，對不起。」

藤澤弄掉了收據。因為掉到我這邊，我只能彎腰幫她撿起來。

「小心一點啊。」

我撿起收據、抬起頭，她又瞬間輕點了我的唇。

俐落無比的手法……口法？讓我比起害羞，先感到傻眼。

我又跟藤澤……

「妳之後要是又有破綻，我就會偷襲妳喔。」

藤澤爽朗地宣告，我的舌頭和眼睛拚命打轉，就是不知道該怎麼回話才好。

過了半拍，我才察覺她竟然在這種地方吻了我。

「就說，妳為什麼——」

一再吻我啊？這應該不是可以隨意為之的事情吧。

想說的話總是慢一步。

就像我的劍總是碰不到她。

讓我很煎熬、悔恨、糾結。

藤澤到底把我當成什麼？要是真的問出口，好像會陷入更深的泥淖。

但也不代表維持現狀就好。

永遠贏不了的可憎對手。

許多刺激，給我心中僵化的印象帶來改變。

那天，我好幾次打錯收銀機。

也許藤澤根本是瘟神。

「要不要去書店？」

藤澤開口邀約在女更衣室角落的櫃子前更衣的我。

那是我們剛結束午前社團練習的事。在殘留了跟解放感無緣的悶熱社辦裡，先換好衣服的藤澤明知會影響我的心情，仍採取了行動。

我居然連換衣服的動作都比她慢，但這點我實在不想跟她競爭。

我邊脫下劍道服，邊故意誇大地嘆氣。

「妳啊，只是想要招惹我吧？」

「啊？」

藤澤一副「哪有啊？」的態度裝傻。

「因為妳貫徹著我討厭的事情。居然能做到這種程度，我都想要尊敬妳了。」

我折好劍道服，收進包包裡。夏天若沒有勤於清洗，劍道服上就會出現汗水蒸發後結塊的鹽粒。這不是總好過梅雨季節一不小心就會發霉的問題，而是兩種狀況都很討厭。

「那麼，妳喜歡什麼？」

「徹底打垮妳。」

我斬釘截鐵說完推開她，但藤澤完全沒有受到任何影響，表情毫無變化。

「這樣妳會一直累積壓力呢，有點同情妳了。」

如果家中擺設的日本刀剛好在這裡，我可能就會拔刀砍她了。

我知道自己頭部的神經已經劈里啪啦綳斷。

但藤澤仍完全不把我怒火中燒的表情當一回事，逕自笑著。

是那種討厭至極、充滿挖苦意味的笑容。

「好啦，我們走吧。」

她沒等我拒絕，兀自牽起我的手。

好什麼好啊，我可是正努力壓抑著自己耶。

原本滿腔的怒氣瞬間萎縮。

「不、不要抓我的手啦。」

「為什麼？」

當然是因為害羞啊笨蛋——我正想這麼說的時候突然清醒過來。不對，不是這樣。

「當然是因為我討厭妳啊，笨蛋。」

「我知道。」

既然知道就不要這樣做啦笨蛋。我覺得自己的詞彙真的少得可憐。

我倆就像要刻意展示給別人看似地手牽著手，但幸好暑假的校園內人不多。我們走到腳踏車停車場之後，我才心想藤澤總算放手了，她卻仔細地觀察起我的手掌。即使是手掌，被她這樣直盯著瞧也令我不快。

「幹嘛？」

「妳手上有竹劍繭呢。」

她戳了戳我手指根部以及手掌右下方的位置。

「妳可能不知道，但我一直很認真練習。」

至少比妳努力多了。是說，妳不要這樣隨便碰我好嗎？

所謂敵人是指彼此競爭的關係，對方表現得親近只會徒增我的困擾。

我從沒想過要怎麼與不競爭的藤澤相處。

培養感情……？別鬧了。

「拜拜。」

我甩開她的手，迅速準備回家。藤澤刻意「哎呀呀？」地表示疑問。

「書店呢？」

「妳自己去，我沒有要去書店。」

「這樣啊，那我先去書店了。」

「什麼『那』啊？那個『那』是什麼意思？」

藤澤雖然個性糟糕，但絕對不笨。我認為她不笨，最近卻覺得她是不是耳朵不太好。她到底有多不在乎我所說的話……這樣來看，問題果然還是出在她的個性太差勁吧。

「這樣妳就會因為我在等妳而有需要去書店了。」

「……抱歉，我不懂妳說什麼。」

藤澤看著我，一副「說得好」的樣子。

「我會去那間比較大的書店，妳知道在哪吧？」

「不知道。」

我不懂，到底是如何思考才能得出這種結論。

「我會等妳。」

藤澤不等我回應，逕自朝她所指的方向走去……原來那傢伙不是騎腳踏車上學啊。我現在知道了之前都不知道的不重要事情。

留在原地的我，聽著左右兩邊傳來的陣陣蟬鳴，困惑著不知該如何是好。

「說什麼會等我……為什麼要擅自決定。」

為什麼我得被藤澤的恣意妄為耍著玩？我沒有追上她，騎著腳踏車往自家去。

何必在暑假還要見藤澤呢？不對，就算不是放假，我也沒理由在學校外見她。

『我會等妳。』

「吵死了。」

我命令迴盪的幻聽閉嘴，用力踩下踏板加速。

回家之後，先把劍道服丟進洗衣籃裡面，才回房按下電扇開關。

坐在旋轉的扇葉前面，幻聽又混著風聲傳入耳中。

『我會等妳。』

不論是甩頭，還是閉上雙眼，聲音都揮之不去。

「……哎唷。」

我站起來換衣服，奔過家中走廊。

身上的汗水還沒乾，又被拖回陽光之下。

而且還像是顧慮到藤澤沒有騎腳踏車，選擇用走的。

每前進一步，就覺得頭變得好重。

我到底在幹嘛？

只是曬了一點太陽，混亂便急速沸騰，讓我頭昏眼花。

書店在一家偏大型的點心店旁邊。我小時候比較喜歡點心店。

藤澤站在圖鑑類圖書區。手中拿著植物圖鑑的她看到我，驚訝得睜圓了眼。原來她也覺得意外嗎？早知道我就不來了。

我心中的後悔之情堆積如山，藤澤對我笑了笑。

「等妳好久了。」

「……妳很煩耶。」

又輸了。這種失敗感究竟是什麼？內心甚至有種自己非常悲慘的感受。

「妳不覺得這個很像嗎？」

藤澤指著圖鑑右邊，我確實對上頭標示為玫瑰果的紅色果實有印象，跟我們吃下去的果實顏色非常接近，但形狀略有不同。

「這個嘛……」

我邊回應邊看了看圖鑑，藤澤的頭髮掛到我肩上。

「啊……」

當我意識到彼此距離很靠近的瞬間，身上竄過一股發毛的感覺，於是推出了手掌。而且因為推得太猛，差點打到藤澤的鼻子。差點打到卻沒打到，讓我有些遺憾。

藤澤因為我唐突的舉動僵住，然後似乎理解我因逕自判斷了什麼而伸出的手掌代表什麼意思，露出苦笑。

「我好像被妳誤會了。」

「沒有誤會，妳就是罪犯。」

未經對方同意擅自親吻他人，毫無疑問是性騷擾罪犯。

我這麼說完，藤澤並未反駁，眼神四處飄移。

「我不否認。」

「沒想到這個罪犯如此通情達理。」

我想說既然有自覺，妳起碼乖一點吧。

但藤澤鑽進我意識的變化之中。

輕巧地閃開我的手掌。

動作沒有多麼快，只是很自然地抓到意識的盲點。

就像她總是避開我的劍，跨步近身那樣。

接觸的瞬間，我的身體比頭腦更快意識到——啊，是藤澤的嘴唇。

我已經被迫記住這股觸感。

稍稍放開雙唇的藤澤，擅自說出這麼做的動機。

「妳好像期待我這麼做。」

「笨、笨蛋——」

我正想大叫，但再次被她堵住嘴。我完全無法防備，甚至懷疑為什麼她能這樣輕鬆地縮短距離。

「書店裡要保持安靜。」

藤澤退開之後，滿不在乎地叮囑我。妳起碼用手就好了吧。

因為想叫出的聲音被封鎖，我知道自己的喉頭和臉都在顫抖。

藤澤彷彿覺得這樣的我很有趣，揚了揚嘴角。

「我會等妳冷靜下來。」

說完，藤澤將圖鑑放回架上，獨自往門口走去。我氣得心想是誰害我不冷靜的。光是她在外面等我，就不可能讓我冷靜下來。

「那傢伙到底想怎樣啊……」

我不是討厭這樣嗎？為什麼沒有抵抗呢？

「……」

為什麼？

我不覺得討厭，也沒有抵抗。

好像花了很長一段時間，才讓耳朵的熱氣散去。

臉上仍留著火燙的感覺走出書店，藤澤一如往常地取笑我。

「妳好慢。」

「囉唆……啊。」

我本想抱怨回去，卻看到藤澤以外的人。是腰越。

他額頭上的汗水閃閃發亮，交互看著我和藤澤。

「有點意外……的組合？」

見他有些驚訝地問，我連忙否認。

「我們沒什麼交情，也不是朋友。」

不對，根本不是這樣。我差點因為著急就脫口說出「我們不是會接吻的朋友」。我的個性真不適合說謊，太憨直了。

「哎，妳也不必急著否認吧。」

腰越彷彿要打圓場般「哈哈哈」地笑了。

「就是嘛。」

藤澤一臉不關己事的樣子搭話。我露出牙齒，一副想咬死她的態度。

「那我們走吧。」

藤澤彷彿沒看見般乾脆地牽起我的手。

我就這樣被她拉著從腰越前面穿過。

「妳……」

我想表示這是誤會而往旁邊揮揮手，但腰越應該已經誤解了什麼，也對我揮了揮手。

不對，不是這樣。

但我放棄跟腰越解釋，瞪了藤澤一眼。她仍然快活地大步向前走。

「明明知道腰越在……」

「有什麼問題嗎？」

「在認識的人面前……」

「有什麼規定說不能在認識的人面前牽手嗎？」

「就算不在人前，我也說過我不喜歡這樣。」

「啊，對耶，妳說過。」

藤澤的聲音就像走在凹凸不平的地面上起起伏伏。

「話說最近好像有便當小偷出沒。」

「啥？」

我困惑地心想她突然鬼扯些什麼。應該是看到剛好經過的便當店招牌，所以才想起來的吧。

「好像是說，便當會像變魔法那樣，突然浮在空中，然後消失之類的。」

「……魔法……」

比幽靈或宇宙人更貼近我們的概念。

「到了到了。」

藤澤帶我來到一間咖啡廳。

從她說的話裡面，完全得不出為什麼要來這裡的結論。

「跟、跟我無關。」

她就這樣帶我進去。店內裝潢彷彿配合來訪古都的觀光客，與其說時尚，不如說統一採用低調的配色。照明略顯昏暗，沙發是咖啡色的。帶點溫暖的顏色，讓並不具體的過往稍稍浮現出來。

當然過去我一直輸給她的經歷，也不那麼明朗就是了。

店面一角有以桌型大型電玩機台構成的座位。

坐在位子上打遊戲的女性背影，好像在哪裡看過。

「我想天氣這麼熱，妳應該會口渴。」

坐在我對面的藤澤說明了帶我來咖啡廳的理由，讓我想狠狠揍她一拳。但她一副「隨妳高興」的樣子，爽朗地微笑著。

放開的手握拳般動了動手指。

我們一起點了咖啡之後，看著對方，我心想這是什麼狀況？

包括我一直忍不住想看討厭對象的嘴唇在內，這是什麼狀況？

「啊，對了對了，稻村還好嗎？」

藤澤說出稻村名字，我卻不知為何陷入有些愧疚的情緒中。

「我不知道。看她還有上電視，應該還好吧。」

她看來不會突然昏倒，死而復生的過程還滿順利的……什麼啊，這有點可怕。

「喔。」

藤澤做出別有他意的反應。

「妳想說什麼？」

我可是有很多事想對妳抱怨。

「感覺妳的反應有點冷漠。妳討厭稻村嗎？」

「……別說傻話。」
我怎麼可能討厭她。
「……」
「可是？」
她彷彿正在解讀我的內心，研判我保持的沉默代表的意義。
確實，我沒有把心裡想的「可是」說出口。
我覺得能夠確實看穿我的藤澤應該是魔女。我或許能對這樣的藤澤老實托出，畢竟她幾乎可以算是陌生人。
我吐出一直埋藏在心中的沉重事物。
「稻村死了，我心中的某些東西就在當時結束了。」
參加兒時玩伴葬禮的失落感，直到現在仍未能撫平，而我認為那不應該消失。
因為討厭失去、因為失去很令人難過，所以我們不管做什麼都非常賣力。
但死人居然還有將來，簡直是全盤否定以上想法，我實在無法接受。
比我這麼討厭的藤澤還不能接受。
「妳和我都還有多餘的命呢。」
像稻村那樣。

「是啊。」

藤澤有如想別開目光，看向店家入口那邊的座位。

「這種東西，我只想還回去。」

「為什麼？」

「因為不正確。」

人不應該有兩條、甚至三條性命。因為這樣一來就不會珍惜。

還有，做各種決定的反應會變慢，知覺會衰退。

將變得不會努力求生。

藤澤聽到我的說法，稍稍扭了扭嘴角。

「七里同學，妳真的很正經八百。」

「妳認為我是個冥頑不靈的笨蛋對吧？」

藤澤收起笑容，面無表情地評論。

「確實很冥頑不靈，滿腦子都是被害妄想。」

她做出輕輕敲頭的動作。

「我沒有取笑過妳。」

「有，妳的眼睛有。」

藤澤呼了一口氣。彷彿跟不聽話的小孩說話的態度讓我不悅。

「我知道妳很討厭我。」

「我覺得妳根本不知道吧。」

不然我們現在怎麼可能在這裡喝咖啡。

「妳一直關注著我，甚至到了會討厭我的程度。」

「……啥？」

我反應變慢不是因為傻眼，也不是生氣。

而是因為被說中了，需要一點時間隱瞞。

「這是哪門子的正面思考。」

藤澤彷彿一改善於變通的態度，在桌子上握住我的手。

好不容易穩定下來的血液又開始騷動。

「我是為了更被妳討厭，才來尋求妳的理解。」

藤澤站起來，繞過桌子，在我旁邊屈身。

我倆之間的距離一口氣縮減，我不禁戒備起來，認為那個要來了。

怎麼辦？要揍她嗎？

但她一定會躲開。過去的經驗讓我變得膽小。

「這裡是店裡……」

「旁人是旁人。」

被她用一副「別人是別人，我們是我們」的態度這樣說，我不知如何是好。

「妳只要像平常那樣，看著我就好。」

手指纏繞過來。我被她緊緊抓住，沒地方可躲也沒辦法退開，就這樣跟藤澤嘴唇相疊。我扭動身體想躲，卻反而讓身體更往前，彼此的門牙撞在一起。藤澤那雙骨碌碌轉個不停的眼睛就在我眼前。

我們之間的距離，近到眼球似乎都要相觸了，但我無法閉上眼。

彷彿中了藤澤話語的詛咒。

就像在書店那樣，無法倏地分開。

在這麼近的距離，她又毫無防備，感覺現在可以勝過她。

啊啊，可是不行，因為我的手被抓住了。

根本不是毫無防備。

我逃不了，雙唇漫長地交疊。

或許因為藤澤頭後面有一盞燈，讓我的視野越發模糊。

藤澤也瞇細了眼，目光蕩漾地持續看著我。

……到底是在做什麼？

這個夏天，反覆好幾次自問的答案仍然沒有出現。

我想就算是跟稻村，也沒有貼著臉這麼久過。

藤澤終於放開，一臉滿足地回到位子上。

我發著呆，桌上不知不覺間擺了兩杯咖啡。

臉上的血氣瞬間退去。

我用手遮住臉，低下頭。

「好想死。」

要是八卦傳開，被同學知道，我就完了。

「這是第幾次了呢？」

「我哪知道……」

妳好歹自己記住犯罪的次數吧。

我放開手，想說既然這樣，乾脆叫她說清楚講明白。

「妳到底、所以說、是怎麼看待我的啊？」

我含糊其辭地問。因為完全不知道她怎麼想的，只能這樣問她。

她到底在想什麼？不清楚的狀況太多，腦袋有沒有問題啊。

藤澤不疾不徐地喝了一口咖啡，嘀咕一句「好苦」。

「跟妳在一起，我會想起妹妹。」

「……妹妹？」

不知為何，聽到之後心情變得不太美麗。

「妳別說我像妳妹妹喔。」

我才不想要。

「完全不像。只是跟妳要好起來之後，我就會想起她。」

藤澤彷彿吃了砂糖，眼神變得柔和許多。

「什麼啊……」

藤澤是透過我，看到與妹妹之間的美妙回憶嗎？

……有點不爽。

如果是這樣，應該誰都可以吧，不一定要找我。

心裡非常不悅。

「我要回去了。」

我站起來，賭氣地心想，誰要被妳利用。

「不要生氣嘛。」

「我沒有生氣。」

我回頭。

「啊，抱歉我說謊了。我一直很氣妳。」

我丟下這句話之後逃走了。

迅速走出咖啡廳，看了看左右。要往哪邊去呢？正當我思考回家的路線時，藤澤立刻甩著制服下襬追了上來，很快來到我身邊。

她大跨步前進，像是要與我並行。

「做得很好嘛。」

「什麼？」

「居然讓我付帳。」

小氣鬼出言批判。

我這才發現自己失策，但現在的氣氛既不適合道謝，也不適合道歉。

我從錢包抽出一張千圓鈔，塞給藤澤。

「拿去。」

「不必啦。」

藤澤不肯收下。我強行塞給她，她卻連著鈔票握住我的手。我心想糟糕，被她抓住了。就算我甩手想要擺脫也甩不開。

「收下錢啦。」

「為什麼我得聽從妳的指示？」

「果然這才是妳的心聲啊。」

我們一個要對方收下錢，一個拒絕，彼此推來推去。儘管覺得在大馬路上這樣賭氣很愚蠢，但我不想輸給她，一步也不願意退讓。

藤澤挺樂在其中的樣子，害我被她的態度影響，差點也跟著笑了。

可是這裡仍然在鎮上。

不管誰走在路上都不奇怪。

「為什麼七里在這裡？」

一道聲音從另一個方向呼喚我，而且是熟悉的聲音。

我跟藤澤同時停手，轉過頭去。

「稻村。」

稻村一副快哭的樣子扭曲著臉龐看我們。

我意識到自己與藤澤相扣的指尖。覺得稻村的眼淚應該集中在那裡。

她什麼時候回來的？現在嗎？偏偏挑這個時候？

藤澤冷漠地看著稻村。

然後……

稻村像小孩子鬧脾氣那樣當場爆發。

「那傢伙就是把我推下樓的人耶！」

我的時間因為稻村投下的炸彈而停止。

那傢伙當然是指藤澤。

握著的藤澤指尖冰冰涼涼的，有種不合時節的冰冷。

「妳在說什麼？」

藤澤瞠圓了眼，路過的行人也都嚇一跳。

我看她如此徹底地裝傻，便察覺了。

隨著背上流下的冷汗一起。

「是真的吧。」

我放開手，一步又一步往稻村那邊移動。

彷彿要保護稻村般站在她前面，與藤澤對峙。

「哎呀呀。」

藤澤也沒打算圓場，聲音乾啞，不帶任何感情。

「我知道妳是怎樣的人。」
成天說謊，所以相反的結果就是正確答案。
「謝謝妳這麼懂我。」
「別說這種言不由衷的話語。」
怎麼辦？我該如何是好？
就算真的是藤澤殺了稻村，但稻村現在又不在墓裡。
這麼一來……
「沒有人制裁我。好了，妳會怎麼做？」
藤澤就像與我內心的嘀咕對話一般問道。
天色明明如此晴朗，卻在她臉上形成大片陰影。
不過，若她真的殺了稻村，我就不能接受她。
「既然這樣，就由我來殺了妳。」
藤澤齜牙咧嘴，表現出強烈的情緒。
她在笑嗎？
「我要賭上性命與妳一分高下。」
多出來的這條命，就是該用在必須賭命的事情上。

我們可以這麼做。

沒有比這更奢侈的了。

「說什麼賭命，又不是時代劇的生死決鬥。」

「沒錯，我就是想跟妳一決生死。」

藤澤不肯答應，皺起了眉頭。原來她這麼沒意願。

想想或許是當然。

但我一定一直在等待這一刻。

「有什麼關係，反正我們死了都還會復活啊。」

如果不是有這樣的前提，我實在無法下手殺人。

不，就算有這樣的前提，我仍沒有信心可以殺人。

不過，如果對手是藤澤。

如果是花費人生一切也在所不惜的「敵人」。

「妳不是覺得死人還活蹦亂跳地亂晃不對嗎，那妳死了之後打算怎麼辦？」

我們曾說到這麼深的層面嗎？藤澤的問題讓我疑惑。

而且我不滿她以我會死為前提這麼問。

「我並不想死。」

但如果萬一我被藤澤殺害，之後死而復生，就讓我失去一切吧。

遵循在這個世界上生存的絕對規則，真的失去一切。

「……失策啊。」

藤澤不知為何如此嘀咕，並雙手扠腰，失落地垂下肩，「唉～」地長嘆一聲。

她似乎突然沒了動力，我甚至有種現在動手可以贏過她的錯覺。

「如果這樣妳可以接受，那好吧。」

她隨口同意，最後像是死心了，露出空虛的笑容。

「那麼，明天見。」

彷彿只是相約碰面，藤澤平淡地接受之後離去。

我捏著拳頭目送她離去，察覺手中傳回的觸感。

她沒有收下的千圓鈔還在我手裡。

「………」

我不想把它收回皮夾，只能繼續握在右手，轉過頭去。

哭花了一張臉的稻村，好像在抗拒什麼一樣不斷搖頭。

看到總是開心輕鬆的稻村這樣軟弱的態度，一抹寂寥的情緒傳進心底。

她活著。

甚至還舉辦了喪禮的兒時玩伴站在我面前。

然而……

「總之，好久不見。」

我只能這樣說。

一面握著不斷哭泣的稻村的手，一面茫然地仰頭。

我會賭上自己的一切，打倒藤澤。

能有這樣的對象，讓我覺得有點驕傲。

那天晚上我睡不太著，花了一段時間才等到早上到來。

藤澤也會抱著這種心情迎接早晨嗎？

早上，我伴著響不停的耳鳴出門，一道嬌小的人影在外頭等我。我其實認真想過她會不會來，所以遇到她有點高興。

「妳明明很貪睡，怎麼這麼早起？」

稻村沒有陪我扯淡，拉近了距離，對我訴說：

「欸，多看看我嘛。」

簡直像小孩子吵著要東西。她拉了拉我的袖子。

「妳有看電視嗎？有看到我嗎？」

稻村不安的言行舉止感染了我。

「妳怎麼了？」

「像過去那樣追捧我嘛。」

稻村不畏縮、不矯飾，直接暴露出自身欲求。

「……喔喔。」

我看到令人暈眩的真相。

原來稻村是這樣想的。

我不確定這是否真的是稻村的願望。

不過，我不認識會這樣乾脆、坦率地表露內心的稻村。

在我眼前的，果然是稻村的亡靈。

回憶稍稍變得具體一些……我只能這樣認為。

稻村跟我單獨相處的時候，確實比較愛撒嬌。但會這樣把內心軟弱一面表露無遺、尋求幫助的稻村，讓我徹底體認到現在的她已跟以往截然不同的事實。

人一死，果然會失去些什麼。

無論是本人，還是她的周遭。

「不可能，因為我長得比妳高了。」

我鬆開稻村的手，輕輕摸摸她的頭，跟她道別。

能跟珍愛對象的亡靈說話，還是滿開心。

我知道自己的內心正磨耗缺損著。

儘管聽到痛哭不已的聲音，我仍沒有回頭。

我在車站前發現約好碰面的對象。即使車站人來人往，也馬上就看到了。

假日還穿著制服反而更是顯眼……哎，而且她長得漂亮。

藤澤看到我，嘆了一口氣，一副覺得很麻煩般梳了梳頭髮。

「今天多指教。」

「……嗯。」

藤澤看起來完全沒有意願。

我主動握住藤澤的手，她似乎因為我制敵機先的舉動而驚訝。

「這樣妳的右手就不能用。」

我微笑看著藤澤的反應。我犧牲了左手，這樣應該比較有利一點吧？我倆相親相愛地牽著手行走，我扣住她的手指，絕不讓她跑走。

藤澤看起來很像兩手空空，但實際上不可能。

應該有帶著美工刀或剪刀一類的吧。能帶的就是這些了。

「妳要帶我去哪裡？」

「無聊的地方。」

是對我來說沒什麼好回憶的地方，所以要去創造美好的回憶。

從車站前右轉，不斷下坡向前，與大量觀光客走在反方向的路上。話雖如此，這條路上人還是很多。畢竟今天是個大晴天，大家都被綠色的海面吸引過去了吧。沒錯，我們即將前往的地點就是海灘。

離開大馬路，走了約二十分鐘。

我們一直牽著手。在陌生人前，我的心臟撲通撲通跳。

有種藤澤的心跳透過握著的手傳遞過來的錯覺。

我跟她都還活著。

「妳為什麼殺了稻村？」

我沒有往自己臉上貼金到認為她是為了跟我變成這種關係才那麼做。

「有點狀況。」

藤澤臉上表情不變，也不覺得愧疚。

「有點喔……」

能為了一點小事殺人的藤澤，難道是怪物嗎？

我一直以來都在挑戰怪物嗎？

我現在正與這個怪物相連，心裡充滿一股離嫌惡與憤怒都很遙遠的神奇感慨。

我們從鋪設完善的道路移步到砂粒地面上，來到離觀光客前往的海岸有段距離的沙灘。這裡有很多岩石，同時是禁止游泳的區域，我們從小就被禁止靠近。頑皮的小孩當然不會聽大人的話，擅自來到這裡玩耍。

我則是處於叮嚀大家不要這樣做的立場。

我一直認為這麼做才是正確的。

「兩人一起到海邊，真有情調呢。」

「我就知道妳會這樣說。」

其實心裡根本不這樣想。

藤澤脫了鞋，將襪子也塞進去之後，放在海浪打不到的位置。

我猶豫著要不要照做，結果還是穿著鞋。因為我想沙灘應該很燙。

藤澤踏在沙灘上發出聲音，我則對她的行動有點過度反應，忍不住防備她是不是要過來。

藤澤確實靠了過來，然後……

一如往常地吻了我。

「……」

我甚至連手指都麻痺了，只能保持沉默。

嘴唇交疊後，藤澤很快放開。

只是這樣……不對，當然不只這樣。

剛剛我應該可以殺了她。我不像她，有那種讓人火大的餘力。

下嘴唇發麻，可能被塗了毒藥。

原本稍稍穩定下來的心跳，又因為不安而騷動起來。

在一決雌雄之前，氣氛就不太安穩。

「所以，為什麼會這樣？」

「這個問題太不具體，我無法回答。」

明知道還裝傻，想必是想更加擾亂人心。

既然這樣，我想說回敬她一下，於是開口：

「妳啊，該怎麼說，是……喜歡我嗎？」
我說得結結巴巴，心想要是被她乘虛而入就會馬上結束。
藤澤神色不變地凝視著海面。
「沒有啊。」
短短三個字。就算我慢慢數、不管確認多少次，就是短短三個字。
是啦，「喜歡」只有兩個字，她的答案比這還長一點。
「啊，是喔。」
「嗯。」
太好了。要是她說喜歡我，我還是超級討厭她啊。不過……
「原來妳會這樣亂親不喜歡的對象。」
「嗯。」
我感覺背部和頭皮噴出汗。
「我要殺了妳。」
握住的手充滿名為殺意的力量。因為突然被握緊，藤澤繃起臉說「好痛」。我差點因為這樣跟她道歉。
我傻了嗎？接下來明明要更加傷害她。

「以前，我在這海灘被妳擊敗過。」

我望向遠處的廣闊海面，憶起一切的開端。

「是嗎？」

藤澤不像是裝傻，而是真的不記得的樣子。

我對於自己可以察覺這般微小差異感到奇怪，先是好笑，然後生氣。

生氣自己的人生目標竟然這麼被輕忽。

集中精神，快想起來啊。

想起我有多討厭藤澤。

想起我承受過的屈辱。

回想起無法消逝的痛，人生的開始。

我悄悄從書包取出剪刀，握緊它。

我倆一起看著大海，手握著手。

藤澤的手第一次冒出濕氣。

海浪打來，白色浪花破碎，不乾不脆地打濕沙灘。

我在潮水打到腳踝的同時採取行動。

扭身打算將身體連同剪刀一起頂出，一個跨步朝藤澤過去。

毫無疑問是我先動。

貫穿肉的手感銳利地從手指往手腕竄去。

這個刺激差點剝下我的手皮。

「……啊。」

我發出「啊噗」一聲，甚至不是慘叫的聲音。

這是原本打算從喉嚨往下的空氣逆流而上的聲音。

在這麼近距離下，封住對方的慣用手，並且一直線刺過去。

既然這樣，為什麼是藤澤的小刀刺中我呢？

藤澤的武器精準地貫穿我的胸膛。

至於我的剪刀，原本以為是因身體扭轉的力量不夠，所以在刺中她之前先被刺了，卻沒想到它朝著毫不相關的天空位置挺了出去。剛剛的手感到底是什麼？是我自己誤會了被刺到的感覺嗎？這逃避現實的行為太丟臉了吧。

話說回來，藤澤真的沒有絲毫猶豫。

我心想這是不是曾殺過人的經驗差距，同時感到力量緩緩流失。藤澤不是什麼會抱住我的浪漫派，只是俯視著倒下的我，抹了抹額頭。她流出的汗比我還多。

她的眼睛跟嘴角流露的情緒，看起來不像嘲笑。

擦完汗之後，藤澤緩緩屈身，從我手中奪下剪刀，先丟到一旁之後才抱起我。

她不僅面無表情，甚至毫髮無傷。

哎……其實我多少猜到會是這種結果。

畢竟我有五、六次機會被她貼近到可以輕鬆吻我的距離。

我知道，現在只是發生了一樣的狀況。雖然知道，可是……

藤澤俯視著我，新冒出的汗水灑下來。

「笨、不。」

「妳想追加什麼？」

我吐吐舌表示哪可能會有。

然後、然後、然後——

軟弱地徹底悔恨。

好不甘心。不甘心。為什麼贏不了她？

雖然我想這樣訴說，但幾乎發不出聲音。

就算坦露生命的一切，仍然無法觸及。我就是差一步，缺少某樣決定性的關鍵。

面對我的失誤，藤澤發表看法：

「妳是剪刀，我是石頭。」
她讓我看了看她握緊的拳頭，展示這個世界的規則。
無論在什麼條件下，我都是無法勝過藤澤的生物。
沒有道理可言，這是打從一開始就決定好的規則。
就像被躲避球打到就得出去的規則一樣。
規則就是像這樣存在，而且絕對無法顛覆。
……我想應該從出生以來就是這樣吧。
挑戰她才是有勇無謀、浪費力氣。
想著想著，眼淚逐漸泛出來。
……哎，反正都要死了，就別擦了吧。
我知道她想說什麼，但那個比喻……
「因為、我拿剪刀、所以……開我玩笑？」
「嗯。」
一臉認真點頭的藤澤，比她說出來的玩笑有趣幾百倍。
太滑稽了，滿身破綻。
我發出氣不足的「哈哈」笑聲。

我應該比她懂得怎麼開玩笑。

雖然沒能發出聲音，但她好像理解了。

「……妳們這些人都這樣。」

藤澤的眼睛跟嘴唇癟成一條線，彷彿吃了黃蓮。

我抓住這樣的藤澤手臂，心想這樣跟稻村沒兩樣而忍不住想笑，但嘴唇發著抖無法動彈。

我連有沒有好好呼吸都不確定，拚命將空氣從喉嚨推出。

配合這個動作，感覺有種泥濘般的東西從胸口往下剝落。

「要是我復活了……會繼續追著妳。」

言不由衷的話語脫口而出。

我之所以想死，是因為想要明確的結束。那是會造訪每個人的理所當然。

無論是才華洋溢的人，還是一直輸給天敵的人。

我認為起碼可以期望這一點。

「……妳忘了也無所謂啊。」

她彷彿看穿我的心思，雖然情況這麼緊迫，但我仍覺得不悅。

明明好像還有什麼想告訴她。

可是血液不斷流失，思考沉積，想法無法成形。

這應該是最後了。

「然後，馬上又……」

被妳殺掉。

「殺了妳……」

死人能安然無事地走在路上是不對的。

當我下一次睜眼，首先看到的是雲朵。

紅色雲朵在同樣帶點紅色的淡淡天空流動，我嘀咕一聲「雲啊」茫然地看著，便聽到附近傳來踩踏沙地的聲音。我起身之後，一股鹹鹹的氣味撲鼻而來。

「是海邊。」

我在海邊。是什麼時候來的？從哪裡過來的呢？

夾在頭髮之間的沙粒滑落的觸感，讓我背上一陣發毛。

彷彿回應我的疑問般回過頭，就看到一名女子的影子落在沙灘上。

距離頗近，我認為她應該有事找我。

每當海風吹送，女子的一頭黑髮便隨之飛揚，非常漂亮。
那位女子露出很親暱的笑容歡迎我。
是那種非常快活的露齒而笑。

是我沒看過的笑容。

「永遠來追我吧，小七。」

兄弟或姊妹一般來說會個性相似嗎？還是剛好相反？沒有兄弟的我，直到最後都無法知道哪一種情況比較普遍。

藤澤的妹妹個性沉穩，也就是跟姊姊正好相反。她不太表示自身意見，大多只是溫和地笑著，跟比較畏縮的我波長很合。

她年紀小我一歲，但因為我們住得近，所以我常常跟她說話。比起到處跑出去玩，乖乖待在家裡聊天更符合我們的性格。藤澤的妹妹不會大聲喧譁，講起話來就像大人那樣穩重而緩慢。她說話的方式對小小年紀的我來說很容易聽懂，一種舒暢的感覺聯繫著我們倆。

當我們開始聊天，藤澤就會丟下妹妹，不知不覺間離開。她彷彿對我們聊天的內容沒興趣，逕自跑去別的房間看書打發時間。我記得她看的不是漫畫或繪本，大多是圖鑑。我不確定她是真的不在乎，或只是在鬧彆扭。我認為她是在鬧彆扭。

我跟她妹妹又不是那種關係。

藤澤的妹妹也不會對這樣的姊姊多說什麼，只是微笑著凝視。

藤澤的妹妹會將一頭跟姊姊一樣長的烏黑秀髮紮在左側。每次只要她覺得手上空下來，就會像撫摸樂器那樣摸著頭髮。我很喜歡她這樣的舉止。

藤澤的妹妹常常跟我分享她的夢境。

「我作過很多種夢。」

「很多種？」

「變成很多種人的夢。」

我覺得之前好像也聽過這樣的內容，但沒有多說什麼。

「怎樣的？」

「武士。」

「變成武士？」

「被武士殺害的夢。」

「呃……」

這不適合笑咪咪地說出口吧。

「『啪——』地一下。然後我倒地覺得好痛苦喔的時候，就醒過來了。」

「那……真是太好了呢。」

「嗯。」

她毫不客氣地對不知如何反應的我點點頭。我心想她真是個怪孩子，忍不住跟著笑了。只有面對她的時候，我才會有這樣略顯興奮的情緒。

這和跟家人說話時不同，我並非很冷靜，卻不會感到不安。

「妳為什麼被殺呢？做了什麼壞事嗎？」

「嗯……」

我隨興地問，她低下頭比我想像中更認真地思考起來。

「我不太清楚，但那時我正被追殺，在一座山裡面。我在逃跑，但途中臉撞到低矮樹木，才覺得好痛的時候就被追上了。」

「喔……」

我又一次不知道該如何回應才好。以夢境而言，該說有點平凡嗎？還是缺乏高潮迭起呢？

不，有武士出現然後被殺害，這個夢雖然刺激但不美好啊。

為什麼要作這種一點都不開心的夢呢？

「活著真好～」

藤澤的妹妹打從心底安心地呼氣。

彷彿用全身表現能夠吸入新鮮空氣的喜悅。

……嗯，她就是個有點怪的孩子。

直到她死去之前，我都只是稍微這樣覺得。

和田塚

比起混雜的白天，深夜的人行道好走許多。我常感覺鎮上人口真的太多，而因為自己是這種個性，才會想要獨自生活。

我並不討厭人，但覺得在人群之中很壓迫。

我希望自己盡可能不要跟他人有所牽扯地活下去。雖然不是非常明確，但如果有想要做的事，或者在這個階段就有目標，會比較容易生存。為了達到目標該做些什麼呢？首先，我想要能夠獨自完成大多數事情。

不需要做得完美，但總之不能依賴別人。不是我抗拒依賴別人，而是若跟他人有更多牽扯，只會更難獨自生存下去。

因為會在其他地方感到安心。

所以必須減少這些存在。即使將來只有孤獨等待著我，那也無妨。

真的沒關係。

「……」

我扶著窗戶，回想不久之前的許多理所當然。
司空見慣的家門前，沒有鳥兒駐留的電線，沒有物體活動的遠方。
只有大氣與雲的形狀表現出夏季。
只有景色完善了的暑假。
沒有蟬鳴，安靜到令耳朵發疼。
有時甚至快忘記呼吸。
「嗯……」
我完全沒想到會在這種情況下變成孤單一人。

在搬家之前，沒錯，就是年紀還不到少年的孩提時期。
當時我還有朋友，一個叫腰越的朋友。
我們家住在租賃的房子，腰越住獨棟房屋。兩家的房子高度有差，當時的我不知為何有些在意這點，但腰越好像不怎麼介意。
總之，他是個很聒噪的人，粗魯、愛吵鬧、不擅長處理細微的小事。他有個弟弟，但弟弟乖巧多了。弟弟可能不太習慣跟隨時可能行使暴力的哥哥相處，總之很少主動接近哥哥，也因此很難給人什麼深刻的印象，而且認識他沒多久之後，他就過世了。

即使講客套話也很難說腰越是個好人，但我意外地跟他很合拍，因此做為朋友我們相處得很好。只不過我也懷疑，我倆會不會一直那樣好好相處下去，畢竟我自己也開始會想一些事，包括跟這個人相處是否有意義之類的。這類事情，只要跟他人有所交流，就算不願意也會被迫注意到。

我跟腰越也因為上小學沒多久後，搬家導致兩家距離變得比較遠，就沒那麼常玩在一起。畢竟彼此的身邊都多了一些人。

不過，不知道在什麼因緣際會的安排下，野外教學的時候我們分到同一組，並且共同體驗了奇妙的事情。

於是，我倆的友誼基於這樣的契機延續下去，彷彿藕斷絲連，留下相當淡薄的緣分。

我在沒什麼路燈的路上，邊抬頭看著星空邊走著。我止準備從腰越家返家。關於星座的知識，我腦袋裡只有在觀摩教學中學到的一點皮毛，但還是多少看得出一些。無數星星有如散落在天空的人們，讓我心有所感。

人若能稍微發光，是否就可以像這樣讓內心沉靜下來呢？

有一個人走在星光之下。

是藤澤。她似乎也注意到我，隔著車道盯著我看。

雖然她臉上的表情看起來一如既往，但眼神似乎稍稍透露出困惑。

好像知道我是誰，但想不起名字的感覺。

「我是和田塚啦。」

「我知道。」

那沒有抑揚頓挫的說話方式很假。

「這麼晚了，妳在做什麼？」

「想事情。你呢？」

「我去腰越家做飯給他吃。」

「做飯？給腰越同學吃？」

藤澤歪頭。我抓抓頭心想早知道就不說了，因為解釋起來很麻煩。

「那傢伙的爸媽都上班到很晚……是說，我有件事情想問妳一下。」

我想帶過這個話題，於是猛然想起一件想問的事。畢竟我跟她很少有機會說話。

「妳記得江之島嗎？」

藤澤緩緩看向道路後方。

「在那一頭。」

她指了指海的方向。我花了一點時間才明白她是在說那個江之島。

因為我完全沒想過藤澤會突然開起玩笑，而且這個玩笑還超級難笑。

「妳沒有開玩笑的才能呢。」

聽我斬釘截鐵地這麼說，藤澤「哼」了一聲。

「我記得。所以怎麼了？」

藤澤收回玩笑，反問我。

「不，我只是突然想起來。」

「這樣啊。」

她一臉清爽，沒有絲毫沉鬱。

如果她心裡隱瞞了些什麼，那還真是了不起。

「妳不用太在意。」

「我沒有啊。」

她看起來真的毫不介意，應該也完全沒把我放在心上。

可以的話，希望她能繼續保持這樣。

我倆沒特別聊什麼，就是遇見對方，然後道別。

我走了一會兒才吐露感想。

「那傢伙真是可疑。」

比行跡可疑的人還堂而皇之，反而更顯得詭異。

不論是以前，還是現在。

雖然我想過要追究，但總覺得逼急了那傢伙，會被反咬一口而死。

剛剛才不小心問出口，短時間內實在不想見到她。

我決定暑假期間都要走另一條路。

現在回想起來，就是這一步走錯了。

我對於居住的城鎮沒有熟悉到認定它是家鄉的程度，卻充分體會到這是一座歷史悠久的城鎮。所謂的規矩，或者說傳統這類東西，依然存在於這座城鎮，我也經常為這些傳統什麼的困擾。總覺得這裡真是一座頑固的城鎮。

但大概因為這座城鎮如此嚴苛，所以幾乎看不到遊民。

因此，當我看到遊民的時候，忍不住停下腳步注視。

那是在傍晚時分。隨著暑假到來，時節步入盛夏，鎮上也越發炎熱，實在不會想在白天上街。大概只有要去學校游泳池玩水的小學生和蟬還能那樣聒噪吧。

所以我選擇在應該沒有那麼熱的傍晚出門，不過一出門就知道自己太小看夏天了。天氣仍是那麼炎熱，儘管太陽已漸漸下山，氣溫卻沒有什麼差別。

我一出門就後悔了，走到斜坡上更是後悔，但仍是向上爬。

從這條斜坡路上可以一覽遠處的橘色大海，寬廣的海面有如倒映夕陽的水鏡。白浪也同樣染上一片橘色，有點像是冬天加在洗澡水裡面的泡澡劑。

我多少年沒去過海邊了呢？就是因為離得近，反而不會去吧。

一個人去海邊也不能做什麼啊。

所以我想今後也很少有機會去海邊吧。

正當我心情上漸漸涼快起來的時候，一道邋遢的人影背對著黃昏往這邊接近。肩膀低垂，拖著雙腳行走，身上穿著褪色的衣服，一頭凌亂的頭髮蓋住臉。

那是與整齊的城鎮非常不協調、與衛生無緣的存在。

我不禁心想這傢伙怎麼回事而警戒起來。如果只是普通的可疑分子就罷了，但若擺明是危險的傢伙該如何是好？正當我煩惱著如果對方回頭，我是不是不管三七二十一逃跑為上的時候，來人拖著腳步與我擦肩而過。我安心下來。

留下的只有一股濃烈的臭氣，像是吃剩的菜渣混著泥土丟在家裡垃圾桶悶了三星期那樣噁心的臭味。各式各樣的臭味混雜在一起所造成的臭氣。

這人毫無疑問是遊民，而且因為身上有股強烈的泥土臭味，或許住在山裡吧。

我希望從遠方吹來的海風快點帶走這股臭味。

我走下坡道。沿著樹林鋪設的坡道少有汽車經過，同時因為可以一覽城鎮風景，所以有一種彷彿置身於空中的寧靜。

我走在這條路上，清風吹拂，心情卻跌落谷底。

臭氣散不去。

我感到一股寒氣回頭一看，遊民竟然跟著我。

我差點慘叫。

肩膀往後一縮，用眼神訴說「你到底想幹嘛」。

「在……」

遊民開口了。聲音渾濁到兩個濁音點可能都不足以表示的程度。

「在哪裡？」

「啊？」

「在哪裡？在哪裡啊？」

對方伸手想要抓住我的手，我連忙跳開閃躲。

我搞不懂狀況。對方似乎是認識我才跟上來，但我完全沒有印象。我跟遊民不曾有過交流，而且對方的臉實在太髒，我根本認不出來人是誰。

「你是誰？」

我認為我問了一個很基本的問題。

但遊民不知有什麼不滿，竟然瞪大眼睛。

他彷彿齜牙咧嘴般咬緊發黃的牙齒，不知從什麼地方掏出刀子。

「你啊啊啊啊啊啊！」

這人生什麼氣？我急忙橫揮手臂牽制，卻沒有什麼用處。

我被遊民撞上。

正心想不妙的時候，刀子已經把我的身體當成刀鞘，就這樣輕易貫穿我的身體，甚至讓我覺得那裡該不會原本就開了一個洞。或許因為這一刺乾淨俐落，以致我一開始並沒有太強烈的痛楚與難過的感受。

但身體的力量像以那個洞為中心破裂的氣球一樣，漸漸喪失力氣。

以腳踝、膝蓋、腰的順序，按部就班地折彎、倒在地上。

我根本無法正常倒下，因此當插在腹部的刀子接觸地面時，我承受了一股眼冒金星的劇烈痛楚。接著被如字面所述，足以撕裂身體的痛苦折磨。腦袋彷彿放了重物般無法思考，只覺得好痛、好痛，而且沒完沒了。

不管是眨眼睛，還是動腳趾，總之只要有動作，腹部就發疼。

每當身體某處有一點小動作，就會令我意識到血液正在流失。

甚至連呼吸都不想。

我邊憋氣邊閉上雙眼，這時卻看到難以置信的光景。刺殺我的傢伙就倒在旁邊，連姿勢都跟我一樣。

「為、為什麼……」

為什麼連你都倒了？我什麼都沒做啊。

「可惡……可、惡。」

那傢伙詛咒般吐露自身悔恨，卻無法動彈。

「到此為止了……到此為止了嗎……」

我不禁冒出冷汗，這傢伙該不會很找麻煩地要在「這裡」倒地死亡吧。他要是能倒在遠一點的地方就好了。我很想因為被牽連而對他發飆，但身上的力氣早就跟著血液一同流失。我順著對方的話，心想自己也到此為止了嗎？

如果要一直痛下去，還不如一死樂得輕鬆。然後……

我想，讓我復活吧。

詛咒我的人在即將力竭身亡之際，以沙啞的聲音嘀咕：

「我還不想死啊……」

這是我想說的話吧。

沒想到在人生最後一刻所聽到的，竟是殺死自己的人的聲音。

好像聽到了海浪聲。

我驚醒過來，臉上的刺痛感讓意識更加清醒，整個人彈起來。

看到一片深藍色天空。

以及很難算是滿天星斗的少許星星。

夜晚已經降臨。

「啊？」

我因景色變化而疑惑，歪了歪嘴。

總之先坐好，掌握一下現況。

從身體痠麻與各處發疼的狀況來看，我應該是倒在坡道上睡著了。刺在腹部的小刀掉在馬路上，然而我的腹部竟然毫髮無傷。雖然襯衫破了洞，肚臍也露出來，卻沒有傷口。順帶一提，那個遊民也不見蹤影。

「……我死了嗎？」

我想起稻村從棺材裡踢出來的腳。如果跟她的狀況一樣，那我就是死而復生。我看著絕不可能是自行痊癒的毫髮無傷腹部，知道儘管現況非常不可思議，但也只能接受。

「哇，我真的死了喔……竟然因為那樣就死了。」

人真的很輕易會死去呢。不過，如果無法很乾脆地好好死去，那也是很難受的一件事。

我突然想起在醫院痛苦很久才過世的爺爺，那骨瘦如柴的手臂觸感。

接著看了看海。這可能是我第一次如此認真地眺望夜晚的大海。

四散各處的燈火緩緩在海面漂蕩。那是舢舨，還是漁船呢？

吹送到高台般坡道上的風，或許因為帶著海潮氣味，有點黏黏的。

豎耳傾聽，只聽得到陣陣風聲，無法聽見海浪的聲音。我吹了一會兒風，不禁發起抖。現在明明是夏天。我發著抖，抱著自己的雙手站起身。雖然不太容易看清，但地面上確實沒有血跡。

「所以我的死變成了沒發生過……不對，感覺好像不是這樣。」

總之我心想，先回家一趟好了。

要是不快點回去，父母會擔心。問題只能一個一個解決。

我仔細認真地觀察遊民是不是滾到坡道下面去，但沒有看到人影。

「逃走了嗎？」

在我快死的時候說了那麼多，結果那傢伙到底是什麼啊？這場突如其來的意外還留有太多不可解之處，令人難以接受。雖然我很想報警，告知有這麼一個殺人犯……但我覺得應該不會被受理，因為我根本沒受傷。雖說遭到殺害，可是我還活著。

我沒自信可以說服警察，而且不想像稻村那樣成為話題中心。

我覺得她真的很厲害，竟然能夠接受那樣的狀況。

汽車車燈從對向車道照過來。我可能因為閉著眼睛睡了好一陣子，總覺得車燈比平常還刺眼得多。我低下頭，用手遮住光線，等汽車開過。

大型車輛駛過。

車輛從我身旁經過時，我不禁懷疑自己的眼睛。

我轉頭看向駛去的車輛，但從後方實在無法看清楚。

「剛剛，駕駛座上……」

看起來好像沒有人。

我太累了嗎？確實很累，畢竟是死過一次的人。如果是急忙從下地獄的路上折返回來，這可能是旅途奔波帶來的勞累吧。現在的我，要是不想想這些無聊的玩笑，實在無法保持內心平靜。

我在那之後沒有機會跟任何汽車擦身而過，就這樣回到家門前。明明沒做什麼了不起的事，卻花了不少時間。家中的燈還沒點亮，表示父母應該還沒回來。我家和腰越家一樣，父母都有上班，而且會工作到很晚。

我原本有點擔心鑰匙是否在我睡著的時候遺失，但它確實留在我的衣服口袋裡。我打開門、進入家中，一股非常熟悉的氣氛迎來。就是因為非常熟悉，才能給人安心的感覺吧。我穿過玄關，明顯變得平靜許多。

我有一種就是因為有這樣可以讓人平靜的地方，才能讓剛在鬼門關徘徊的精神找到歸途的感受。

我踏上階梯，回到沒什麼特別之處的寢室。房間裡沒有什麼特別新潮的東西。就是因為什麼也沒有，反而令我安心。

我打開電燈，接著像是雙腿無力般當場倒下。

總之，我有種先回到家、稍微休息一下後，絕大多數問題都可以解決的感受。

但等我冷靜下來，才發現這是錯的。

不管經過多久，仍然沒有人回來。而且明明沒人，一樓的燈卻不知不覺點亮。彷彿靈異現象的不協調燈光讓我戒備起來。

姑且不論是否有幽靈，但似乎有什麼東西在活動。

基於我待在家裡，以及目前的時間來推斷，那些正在活動的東西很有可能是我父母。

我卻無法看到他們。從窗戶看出去的城鎮燈火一如既往。

但理應隨之存在的聲音卻消失無蹤，究竟是怎麼回事？

若解釋成只是觀測者本身發生異常，而不是規模愈大世界愈有問題，確實比較能夠說得通。

這該不會是……

我無法認同自己身上產生的異狀衝出家門，往朋友的家狂奔而去。

那裡跟我家一樣，燈火通明。

「腰越！」

我根本沒想過會造成腰越的困擾，逕自衝進他家，粗魯地走進去，巡過走廊、腰越的房間和客廳，卻沒能遇見他，只發出了無禮的噪音。

先不論他家人，這個時間腰越不可能不在家。

但完全沒有任何動靜，這表示——

有問題的是我？還是世界？

結果，我奔出腰越家，跑了一段不上不下的距離。途中還因為雙腿無力而用手撐著膝蓋。

不管我怎麼急促地喘氣，都沒有人取笑我。我看了看身旁駛過的汽車，這次沒看錯了，駕駛座上真的沒有人。

我看不到任何人了。

只有自己的呼吸迴盪在無人的城鎮。

雙眼、雙耳搶先一步認知到目前的狀況。

只有思想仍然抗拒。

我呼著差點就要喘不過來的急促氣息，原本火熱的腦袋漸漸理性地接受現實。

當我用光所有體力抗拒目前這非常識性的現況，才終於肯定了。

我似乎變成孤單一人。

鎮上仍然有變化，並不是沒有人。而且我知道這些變化若非經由多人之手，將不可能辦到。但我無法看到這些人，也無法被這些人看到。事情似乎是這樣。

至於說為什麼會變成這樣，應該是因為我死了。

「這裡看起來……似乎不是天國之類的地方。」

大概在我五歲前，祖父母和我們一同住在這個家裡。如果這裡是天國，那我應該會在家裡遇見祖父母，但我走在鎮上連個幽靈也沒撞見過。不過，目前這個現象確實可以算是某種靈異事件吧。

跟稻村死而復生的狀況差距相當大。

「死而復生得不完全……感覺好像不是這樣……」

我翻個身。從旁人的眼光來看，這床墊被是否擅自凹了下去呢？我搔搔頭心想，如果被當成透明人事件引起騷動也是挺麻煩的。但就算引發騷動我也無法得知，徹底遭到孤立了。

我確實能毫不在意周遭地活下去。

問題在於這樣是否真的能夠活下去。

我睡不著，有如泡在泥沼般載沉載浮地思考。思考很有趣，可以一面逃避現況一面把握現況。這麼矛盾的現象，到底是基於什麼邏輯成立的啊？我起身，拿起桌上的筆記本。還好我還能影響到除了人類以外的事物。如果不是這樣，我真的跟死人沒兩樣。

如果寫下留言，說不定能藉此與他人交流溝通。我本來想試試看寫點東西，後來還是打消了念頭，闔上筆記。

在與人聯繫之前，我還有事情必須想清楚——我究竟是如何來到這個世界？

「……」

獨自生存，獨自死去。

所謂的獨自生存，是指這樣嗎？

這真的是我所期望的嗎？

我當場抱頭彎身，覺得好像哪裡不太對。我現在確實孤獨，但這解讀的方式會不會太籠統了點？我驅使在血液帶動之下發熱茫然的腦袋思考。

想像如果我一輩子都是這樣，將來會怎樣。

首先，我再也不必去上學。

「……應該等放完暑假之後再說啊。」

我忍不住自嘲。現今狀況跟暑假一重疊，就覺得獲得解放的爽快感大打折扣。

其次，工作變得沒有意義。既沒有值得提供勞動服務的對象，也沒有辦法獲得酬勞。所以我不用上學，也不需要工作；既不是學生，也不是大人，喪失了歸屬。

換句話說，今後我將不再被強迫做任何事情，真的只要孤單地生活、孤單地死去。這確實是我所期望的人生，但怎麼也沒想到會以這種方式實現。說不定死而復生並非單純地復活，而會有類似這樣的附加價值。該說是實現願望嗎……或者說是讓我們走上理想中的人生。既然這樣，稻村的情況又是如何？雖然我想問問她，但現在這種狀況，連想開口問她都很困難。

「嗯……」

我屈著身體，維持青蛙般的姿勢仰躺。

從我現在的年紀算起，若沒有生什麼大病，大概還有六十個年頭要過，運氣好甚至可以到七、八十年。

我真的能這樣孤獨地生存下去嗎？

不，我只能這樣孤獨地活下去吧。

環顧房內，這裡只有熟悉的景象與悶熱的空氣，但其實很有可能是塞了二十個人在這裡擠成一團。雖然沒有，但是有。

我不能隨意開窗通風。明明孤獨，卻不自由。

「感覺自言自語的機會也會變多……吧？」

沒有可以說話的對象。聲音全是為了自己發出，接著回到自己身上。

我最後想起腰越。今後沒機會去他家出差了。

這點倒是令我有些惋惜。

畢竟能秀一下一路鍛鍊出來的廚藝還是滿開心的。

加上腰越本人比較內斂，是個好相處的人。

「……跟以前差很多呢。」

那傢伙自己雖然不曾懷疑過，但他真的改變很多。原本他是個暴躁的人，是那種一吵架就會馬上動手的類型。我想他應該是從野外教學之後就變了一個人。我雖然想說「該不會……」，但畢竟沒有證據。只是他表現得也不像已經死過的人，很難知道到底是怎樣。

或者說，他已經忘記了。如果本人如此希望，事情很可能就會這樣發展。

那傢伙是抱著什麼希望而活，然後死去的呢？不不，光憑臆測就斷定一個人已死也太過武斷。不過，要是聽說我失蹤了，那傢伙會驚訝嗎？如果他誤以為是魔女幹的好事又會怎樣？這樣好像有點有趣。

畢竟包含那些人在內，我已經無法與任何人有所牽扯。

我仔細聆聽除了人類以外的聲音，靜靜尋找是否有耳鳴之外的聲音存在，但在太陽穴浮出汗水後將之擦乾，並放棄聆聽，因為連蟬鳴都聽不見。

再加上，我低頭看了看自己的身體。

壓低聲音跟放穩呼吸之後才發現，自己已沒有心跳，聽不見心跳聲了。

既然我死了，這也是理所當然。但是，我雖然死了，卻仍然活著。

「……不對。」

我真的算活著嗎？

沒有蟬鳴的夏天。

沒有任何事物能夠證明這裡不是地獄。

我摸摸肚子，心想果然沒有那麼好的事。

肚子餓了。看樣子這副軀體也是不吃飯就無法活下去。

該說實在很半吊子嗎？總之麻煩。

這樣下去實在沒辦法睡覺。

因為我也不能開家裡的冰箱，只好先到外面，而且沒穿鞋。我覺得如果穿死去時穿的那雙鞋，問題應該不大，但覺得彎下腰穿鞋好累、好麻煩。反正沒人看得到我，我也不必對光腳走在路上有所遲疑。我一想到自己說不定會這樣漸漸喪失身為一個的人基本認知，不禁渾身發毛。

所以我走到一半，又折回去穿鞋。

我都說了要獨自活下去，怎麼可以自己打破這個希望。

即使夜色已深，路上還是有些無人駕駛的車輛往來。我也許該認為，還能看見車輛往來就該謝天謝地，不過，只有車輛在鎮上穿梭的景象，空虛到讓我不禁誤以為自己是否身在夢境中。而且這些汽車全都安靜無聲，要是走路發呆不看路，也是很危險。

家人都相當晚歸，而且現在放暑假，他們應該還要過一點時間才會發現我失蹤了。當他們發現我不在，應該會先打電話找我朋友……啊啊，可是我沒朋友，頂多腰越吧？打給他之後，發現沒有消息的話，接著可能就會報警。

當然，就算這麼做，還是找不到我。

沒有人氣的城鎮只留下一種聲音，就是風聲。因為排除了其他一切雜音，因此即使風勢不強，風聲也變得非常清晰明確。風聲有如大鵬展翅般橫向開展，包容著我，可惜晚風無法溫暖我的身體。

我故意大跨步前進。

「這下我也成了江之島的伙伴啊。」

說不定江之島也迷路進了這個世界。

在小學五年級的野外教學中發生了失蹤案件，失蹤者是跟我們同組的江之島。那傢伙在野外教學的最後一天忽地消失，從此沒有回來。大人們雖然到山裡搜索，但找不到人，我們則直接當成他已經過世。附帶一提，同樣應該在山裡的魔女好像也沒被發現。

不過到了現在，我覺得他是不是真的死了還很難說。

那傢伙說不定也像我和稻村這樣，雖然一度死亡，事後卻能死而復生。但既然這樣，為什麼找不到人呢？難道他在山裡死了兩次嗎？或者說他還活著呢？

那時候離開小組的是腰越和藤澤。

那兩人雖然在不知不覺中歸隊，但可能知道些什麼。

當我這樣懷疑、就近觀察腰越的過程中，又跟那傢伙成為朋友。現在想想其實當時並沒有特別介意什麼，只是覺得相處起來很愉快。

「……」

江之島該不會被莫名其妙的人殺害了吧？會有這種事嗎？

我嘀咕著抱怨，同時發現目標。

透明人獲得糧食的方法，應該只有兩種。

自給自足，或者搶奪。

下田耕作確實滿有趣的，但考慮到收成的時間，實在不太實際。既然這樣，選項只剩下一種。雖然不管去哪裡搶奪都好，但我選擇了便當店。那是一家我平常根本不會去的店，所以才選擇這裡。

我看著空無一人的便當店架上的便當。

當我拿起便當時，看在其他人眼中是什麼景象？雖然沒什麼意義，但我挑了最貴的便當，將之藏在衣服裡面，快步離開店家，接著奔跑起來。

跑了一段距離後，明知不會有人追上來，卻仍回頭看一下才呼出一口氣。

我不是失望。

我鑽進建築物之間的空隙，在暗處打開便當。

「啊，忘記拿筷子……」

我沒拿到筷子，這也是當然。無可奈何之下，我用手拎起炸物，上面好像淋了醬汁，弄髒了我的手。我咬下炸物、咀嚼、吞嚥。

大大地吐出失意。

味道不太好。

不好的不是食物的口味，是做了壞事的味道。

每吃一口，就會有種懷疑自我的感受浮現。

「……」

我真的想要這樣的生活嗎？

雖然有疑問，但不這麼做我就無法活下去。

既然如此，我便得像呼吸空氣、喝水那樣做壞事。

雖然對現在的我來說，自家究竟算不算歸處有待商榷，但到了晚上我還是只能回家。我一聲不響地踏入家中，靜靜不動。

我在樓梯底下坐了一整晚，但周遭沒有任何騷動，甚至連個灰塵都沒有，非常平靜，沒有發生家人的愛反映到我身上的事件。畢竟他們不可能找到屍體，所以應該會當成離家出走看待吧。害得父母額外操心讓我有些過意不去，或許該寫點留言給他們，於是我想說先回房間一趟。

我走上樓梯，停下腳步。

房間的門開著。

「……」

儘管寂靜無聲，而且我什麼都沒看到，但還是可以察覺到一些事。

雖然沒人聽得見，但我仍放輕腳步，從樓梯折返。

接著穿好鞋，離開家中，走了一會兒來到大馬路上，看了看左右兩邊。與昨天同樣空無一人的城鎮靜靜地守護著我。

原本那樣令人煩躁的觀光客已消失無蹤。

「好，該怎麼辦才好呢？」

我覺得要繼續住在家裡應該有點難受，畢竟我還是有一般人會有的感傷，而且家人遲早會起疑。這麼一來，是否只能住在山裡？不過我喜歡城鎮，最喜歡文明的氣息了。我喜歡在文明的氣息中，靜靜地豐富心靈，所以才不願意離開這座居住已久的城鎮。而且不必變成像透明人一樣的存在，也可以隱居山林，我特地那樣做根本毫無意義。

就連考量是否會對他人造成困擾這點都沒意義，我就是這樣的生物。與他人沒有關連，代表我可以不管會給周遭帶來什麼影響。雖然我還沒有到豁出去的地步，但開始覺得偷偷摸摸的有點可笑，因此決定要大刺刺地生活。

「這麼一來……就是那裡吧。」

除了自家以外，不需要太顧慮、能夠平靜下來的地方。

給人一種清爽順心感的那個家。

我就這樣兩手空空地走在一如往常的路上，來到腰越家。

他家父母常常不在，而且說到離家出走的小孩，第一個會去的當然是朋友家。

「打擾啦。」

我原則上還是打了聲招呼，脫鞋之後走進腰越家。我邊覺得沒膽選擇完全不熟悉的地方的自己真是膽小，邊在他家四出走動找尋合用的房間。我看了看衣帽間，接著一打開相反位置的門，就揚起一大片灰塵。

那裡似乎是置物間，沒在使用的長桌和堆積如山的紙箱在滿是塵埃的空氣中共生。這種房間正好，平常不會有人出入，而且看這灰塵堆積的狀況，我決定成為紙箱之一。我把翻倒放置的長桌當成靠背坐下，手撐著地板。雖然密閉空間的悶熱空氣令人煩躁，但也沒人能聽我嫌棄，我只能想辦法習慣了。

不過這種生活方式，感覺跟老鼠還是鼬鼠沒什麼兩樣。

我抱膝而坐，想想自己渺小的人生，以及接下來的人生。

想要一個人活下去的願望，其實只是一種精神層面的目標。

是想要獲得在茫茫人海中仍能獨自生存的強悍。

不過，現在只能在沒有人的地方生存下去。這好像不太一樣。

孤獨跟孤立的差別很大。

接著過了一個星期。我沒特別做什麼，只是一直思考。

畢竟白天真的無事可做。要維持生命跡象，只需要確保有東西可吃就夠了，這點只要在晚上利用透明人的身分便不難達成。當然，偷竊是不對的。我每天都在累積沒有人會告發、裁處罰則的罪行。

要是我再死一次，肯定會下地獄吧。

想想自己竟然是為了下地獄而活，不禁笑了。這樣的人生實在太悲慘。

自虐完以後，我又發起呆。觀光客會去享受海水浴，我則是沉浸在思考的大海。記得曾有人說過，思考等於活著，而我現在正貫徹了這一點。從紛亂的思緒中挑起其中一項，徹底思索。畢竟外面什麼也沒有，因此我只能在內心尋求滋潤。如此一來，思考自然會占去世界的一大部分。

我今天想到魔女的事。小學時遇見的魔女，究竟是為何讓我們吃下樹果？若說她是為了回報我們的善意，給的東西確實太過奇特。難道她其實另有目的？或者只是心血來潮？

如果我能再獲得那種樹果，並且再次吃下，是否能再多獲得一條命呢？而我若能再死一次，並且許願回到原本的世界，是否能夠順利返回呢？雖然我還不打算說出「想回去」這種洩氣話，但這想法確實挺有意思。

「魔女看得見我嗎……」

不過，我記得第一次見到魔女的時候，她好像快死了的樣子，所以一直認為她說不定也沒什麼了不起。真要說來，藤澤還比較有魔女的感覺跟氣勢。我跟她不是太熟，應該是感覺到她內心藏著某種激情，所以在學校裡刻意迴避她。

但是，我們在一點小小的偶然之下分在同一組，被魔女的小小惡作劇連累，直到現在。

人與人真的不知道會怎樣連結，世事難料啊。

不過我今後跟任何人都不會產生連結就是了。

「雖說……這樣也滿輕鬆的。」

如果不是對他人抱有期待，與人相處只會是負擔。我就是討厭這樣，所以現在內心格外地平穩，毫無疑問地相當平靜。

不過，以前祖父說過，偷懶只會讓人墮落。

我墮落到什麼程度了呢？

我把無止盡的想法寫在筆記上。雖然沒辦法全部寫下，但還是可以挑重點寫。昨天寫的頁面上檢討了各種可能性，例如這裡是天堂或另一個世界，抑或我變成了植物人只是在作夢，但因為沒有證據，頂多是想好玩、寫好玩的。不過，我直到現在才實際感受到，要證明現在活著的世界屬於現實、證明自己確實存在，意外是一件困難的事。在這個年頭，說不定人都是由狐狸變成的。

我把寫好的筆記藏在紙箱裡。放在這裡，不僅不會被腰越看到，應該也不至於被他的家人發現。即使被他們找到了，應該也看不懂我在寫些什麼，頂多認為這只是在寫故事吧。

我收好筆記，繼續思考。

我從許多人眼中消失後，過了一星期。

或許已經沒有人在找我。

雖然我不確定父母是否死心了，不過以他們的個性來看，他們認為我已經死了也不太奇怪。實際上，我的確是死過了，現在頂多算是死後的延長賽，所以我不覺得無法見到活人有那麼沒道理。

我並不是覺得這樣很難過，只是很難實際感受到自己的確活著。

我自覺到所謂的自我漸漸失去了特色。我很清楚一旦無法靠著與他人比較確認自身特色，便會漸漸失去人情味。現在的我，或許真的會認為角落的紙箱是同伴。沒有貢獻他人的機會、沒有從事生產，只是賴活著。別說同伴了，我甚至覺得可以裝東西的紙箱都比我高尚得多。

我會漸漸產生這樣的念頭。

親身體驗獨自生存下去有多麼困難。

我無法滿足人類可以認為自己「還活著」所必須的條件。安定的飲食、排除危險的睡眠、定期沐浴、能夠偷懶的身分、能相對適度評量自己的他人、不熟悉的他人、只會擦肩而過的他人、在世界各地看不見的角落供應人類各式物品的他人，以及，還算有點認識的朋友。

我將自己失去的事物一一條列，彷彿大型垃圾。

老實說，很慘。過去藉以建立、維持自我的事物全都煙消雲散。不過，這是我失去一條性命換得的結果。既然我消耗了非常難以替代的事物，好歹還是有不想認為這樣不划算的堅持。

但不知道只是默默等待時間流逝的我，究竟能夠堅持到什麼時候。

等一路累積下來的這座山消磨殆盡之後，就什麼也不剩了。
這彷彿在死亡來臨之前便準備迎接死亡。
怎麼會這樣？我好不容易可以獨自生活，卻沒有人認為我活著。我悲嘆著這實在太過悲慘，勉強振作起精神，被夏季的潮濕熱氣所包圍。
若是在群眾之中落單，那還不是問題。
所以，無論怎樣的形式都好，人或許還是需要他人。
即使只是不足為道、毫無關連、沒有任何緣分的人也一樣。
為了能讓我活下去的世界，仍在看不見的地方持續建構。

玄關的電話響了。我好像聽到聲響，稍稍張開眼睛，振作一下茫然的意識，然後才想起這裡不是自家。我看著邊角爛掉的紙箱心想，要是自己能這樣變成紙箱就好了。沒有思考、比紙箱還不如的下等人生，起碼能因為這樣比較有希望一點。
「電話響了喔……」
我告訴這個家裡的人，並因為自己完成任務而露出笑容、閉上雙眼。
一旦沒事可做，就會變得不在意日出日落。我覺得自己真的墮落了。

我就這樣靜靜躺著睡覺，直到身體的一切與黑暗融合。頭因為睡太多而發疼，鼻子則因缺乏水分而發熱。自甘墮落到極限之後，我走出置物間。

感覺自己好像為了不被察覺而專挑深夜或凌晨活動的老鼠。

我悄悄進入廚房。就算不開燈，雙眼也已習慣夜晚。最近很快就能掌握物品的輪廓，感覺自己的野性愈來愈強大。這樣算是野生人類嗎？算吧。

然後，我在杯子裡裝水喝完，洗乾淨，放好。

在我隨興回頭打算回置物間的時候——

又急忙轉回目光。

「噠、噠」地踉蹌踏出的腳步聲非常輕盈。

廚房的桌上放了一張千圓鈔。

「……」

我試著伸手，看到指尖略略顫抖地彎曲，於是停下動作。

隨意放置的千圓鈔，是只有我跟腰越才知道的暗號。

腰越現在，在這個空間的某個地方嗎？

儘管知道看不到，我仍然回過頭去。當然，什麼也沒看見。

但桌上的千圓鈔並未消失。

不管我眨眼、背對它後馬上轉頭回來，它仍然在那裡。

我有種感覺，彷彿在深不見底的洞窟中，找到一條連接外界的白線。

「嘿、呵、呵。」

我不禁發出奇怪的聲音，甚至有這三聲小小的反應，分別帶著不同感情顏色發出的錯覺。明快的顏色、想大吼的顏色、沉澱的顏色，色彩繽紛的三顆彩球彈跳開來。

他是什麼時候放在這裡的？晚飯時間應該早就過了吧。

我感覺到原本漸漸溶解的身體往上竄起成形。

「腰越。」

你為什麼將千圓鈔放在這裡？

基於什麼想法放的？

我完全無法得知另一方的情報。對於我的現狀，腰越究竟知道多少？

就像人心那樣不透明。

所以，或許這樣才好。

之前有人說過，不清楚的事情才有趣。

「現在就做早飯好像還太早。」

畢竟腰越的父母也在。我於是靜靜地等待適合的時機來臨。
我雙手抱膝，窩在廚房角落。
我知道自己現在身處夜晚之中。
也知道自己在等待黎明到來。
我坐著，忘了無聊，被煎熬的感覺弄得渾身不舒服。
黎明啊，快點到來吧。

早上了，不知道腰越會不會發現我要他快點來廚房而刻意打開門的意圖。
在聲音、形體、一切的一切都無法被對方認知的情況下，我倆之間的訊息能夠正確地傳遞給對方嗎？這個問題沒有答案，所以我才期望能永遠持續下去。
這點小小的聯繫，給了我日夜的分別。
讓我能夠建立自己的一天。
太陽升起，時間緩緩流逝。
客廳的桌上不知不覺只剩下空盤子。
我看到盤子空了，才正式收下千圓鈔。

「多謝惠顧。」

我甩了甩千圓鈔，像要展示給世界看。

人生中重要的事——

「呃，我記得是……希望、勇氣，以及少許金錢吧。」

我展現手中的希望、勇氣以及少許金錢。

我想，只有我知道如此有價值，同時毫無用處的千圓鈔存在吧。

期待已久的深夜造訪，我悄悄來到外面。

真愉快。

雀躍不已，彷彿從未如此愉快過。

從我消失的那天起，夜晚漸漸變得不一樣。感覺庭院的氣氛變得纖細，是因為我改變了，還是季節開始變化？內心彷彿被冷水沖洗過那般清爽，與這個夜晚非常相襯。

我懷著被某些事物填滿雙手、現在就想飛躍而出的心情仰望夜空，卻覺得天上的星星有些稀少。雖然能見度會受到大氣和天氣影響，不可一概論之，不過我想說不定平時總是仰望的星星上有誰在那裡，只是我看不到罷了。正是因為看不到，反倒能證明確實存在。

「哈哈哈……」

我獨占了這項世紀大發現。

強烈的滿足感與少許空虛感恰好填滿心中的空隙。

我並非完美的生物，所以無法完全獨立生活。

這張千圓鈔支持著不完美的我，在星海之中浮沉。

死人死人死人死人

在我說危險的時候，她已經扭曲變形了。

那一天，她——藤澤的妹妹又跟我說起夢境的內容。

「今天我跟一個奇怪的婆婆住在一起。」

「妳又作夢了？」

「嗯。那是一個腰已經直不起來，但精神很好的婆婆。一開始我們處得很好，但婆婆漸漸變成一個可怕的人，最後被放火燒死了。」

「……那個婆婆是魔女嗎？」

「嗯～可能喔，她戴著一頂奇怪的帽子。」

藤澤的妹妹很開心地回想，但我聽著覺得很喪氣。

「總覺得妳總是在夢中死去耶。」

「對呀。不過我在夢裡死去，早上就會確實醒來呢。」

雖然她本人說得輕鬆，但一直聽這類內容實在是一種疲勞轟炸。

所以，我想先跟她拉開一點距離，隨意橫越道路，走上另一條人行道。

藤澤的妹妹叫我等等，沒有確認左右來車便追上來。

當我回頭說危險的時候，已經太遲了。

被車撞到的藤澤妹妹，像燕子一樣高高飛在空中，接著像一枝筆那樣僵住後仰，在地面畫出一條血線。

像彈跳破裂的水球，在地上灑出斑斑血跡。

雖然周遭騷動起來，但我像耳朵被摀住似地什麼都聽不見。

藤澤的妹妹就這樣死了。

因為我動了，她要追上我，才發生意外。

難道是我害的嗎？

我當然想說不是。

但有一個人無法接受，狠狠瞪著我。

是藤澤。

只有她，絕對不會忘記發生了什麼，以及失去了什麼。就像在心中燃燒的火堆一樣不會消失，憤怒與決心持續照亮她眼前與道路。

所以被她這樣看著，我當然無法忘記、無法逃離。

如同幻覺跟夢境都被藤澤姊妹所侵蝕。

在那之後，我作過好幾次夢。

穿著火焰般衣裳的小小人影，從墳墓裡爬了過來的夢。

死人死人死人死人死人

我很早就知道自己不像世間所說的那樣了不起。確實，與同齡者相比，我有些地方比較突出，身邊沒有人能夠在計算、運動能力方面追上我。儘管個子不高，卻有種能夠傲視群雄的感受。

不過冷靜下來想想，只要跟比我大上兩、三歲的人比較，我就沒有那麼突出。我沒有能在無差別級摺倒所有對手的壓倒性力量。

我認為自己只是早熟，比一般人提早到達兩、三年之後的階段。這點在成長階段確實相當有利，但這樣的差距會漸漸、漸漸被填平。因為鑽研專門能力的人變多了。

這麼一來，便會發現我其實不是那麼天才的人。

我很快凋零了，但還是扮演著小丑，假裝我其實沒有拿出真本事。

我必須持續是天才。

至少在她面前必須是。

被喻為天才、受到吹捧。
可是，能滿足我內心的不是大多數，而是唯一一人。
她一直在我身邊，我也會不經意地讓她見識我們之間有多大差距。
彷彿被壓垮的無力雙眼，以及充滿羨慕的眼神。
當我接收到這些時，體內萌生的情感迅速生根、成長茁壯。
再多給我吧。
我想要妳一直看著我。
就是因為這個願望，我才必須一直是個天才。

當天我醒來時的狀況太莫名其妙，令我慌張不已。
感覺很受拘束，手腳彷彿鬼壓床那樣動彈不得，透過眼前的窗可以看到沒見過的白色天花板。我想辦法扭動身體，但這裡真的很狹窄。
我著急地心想這是怎麼回事。因為看得到天花板，我應該是仰躺著。
我心想既然往旁邊動不了，就試著抬腳看看，結果竟然真的抬起來了，不過又立刻被黑暗阻擋。反正有空隙，於是我不斷扭動身體，集中精神。

「哼喝——！」

一鼓作氣用膝蓋撞向黑暗障壁。黑暗伴隨一股悶聲破散。

一個像蓋子的東西彈起、落下，發出誇張的聲音。

我自吹自擂地心想我不愧是天才，接著起身，一股花香撲鼻而來。花香同時讓我想起當年那樹果的味道，然後接連想起幾項有關的事情。

可惜比起美妙的回憶，我想起了更多不好的回憶。這一定是一種不幸吧。

「……嗯？」

我擦了擦臉，才察覺到周圍的狀況。

家人、朋友和七里看著我。所有人的眼神都不太正常，眼睛瞪得老大，要流不流的淚珠沒有從臉頰滑落，感覺好像要縮回去了。

我「嗯？」地歪頭，看到一張略大的肖像照掛在牆上。

那是我第一次獲得繪畫大賽獎項時所拍的紀念照，照片中的我打從心底開心地笑著。我不禁感慨，真令人懷念啊。不過先不管這張照片，從裱框的形式來看，這張照片簡直是遺照。

應該說，這就是遺照吧。

怎麼回事？我回頭希望有人解釋，接著嚇了一大跳。

藤澤直直盯著我。這傢伙居然敢這樣大剌剌出現在我面前，配合面無表情的粗神經真心讓我佩服。在場所有人只有她不驚訝。

想來也是。

「妳啊。」

聽到有人出聲，我回過神來看了過去。從位子上站起來的七里往我這邊走過來。

她穿著黑色水手服，身後所有人也都是一身黑的打扮，加上我仔細確認了一下自己的狀況，不禁笑了。

「嗯。」

我理解到那個一路往下的景象的確不是作夢。

「我果然死了吧。」

被藤澤推下樓。

七里就在死去的我面前。七里也死了嗎？不，應該不可能。

即使真的是這樣——

我呼了一口氣。

「那麼，這裡是天國嗎？因為……」

七里正凝視著我。

這樣的感動只有轉瞬之間，大舉騷動如浪潮般席捲而來。首先，我被家人衝撞，因此從棺材裡跌出來，不僅滾了好幾圈，甚至被抓來推去。

隨後，不知為何像神轎一樣，我被放進棺材、送走。

我已經搞不懂到底是什麼狀況，只能笑著任憑事態發展。

只知道自己的確死了一次，然後復活了。

對周遭的人來說，死而復生似乎是件大事，在這之後我遇到的大人大多嚇傻了，醫生則有點避之不及的感覺。我就這樣在手忙腳亂的大人安排之下，接受各式各樣的檢查，非常忙碌，而且沒辦法回家，只能半推半就地留在醫院。

我雖然算是是從學校的屋頂跳樓身亡（實際上是被推下樓的），應該說其實就是墜樓沒錯，但墜樓時受的傷似乎已經復原。確實，我不覺得身上有任何地方會痛，肩膀也可以順利活動，這讓我心想魔女真是厲害。

就這樣輕易把貴重的一條命用掉，該說是太隨便了呢？還是該覺得藤澤真是個討厭的傢伙呢？但至少我現在覺得，活著真好。

因為我又再次受到眾人注目。

就像以前上電視被譽為天才的時候一樣。

我只是記憶力比較強，能輕易記住世界上的地名或困難的文句，下將棋也從未輸給同齡者，而且每次賽跑都不會有人在我前面。這其實不是什麼超能力，真的只是稍微超前其他人一點，我就被當成天才了。

這些過去也被挖出來，我又被捧成神童、神之子。聽到這些說法，我覺得大人們只會說一樣的話，一點新花招都沒有。但我自己也是在明知如此的情況下，甘願被他們吹捧。

不過，我對這些好奇的眼光無動於衷。

每次上電視，我都對著攝影機的另一端祈禱。

希望七里看著我。

用妳那雙眼追捧我。

為了這個，我願意隨著這些只會講笨話的大人們起舞。

說我天才，說這是奇蹟、神蹟。

許多人只會說一樣的話。能說的事情真的不多。

儘管我有這樣的資質以及處於這種立場，卻覺得自己的故事比其他人更單薄。

不過，比起被這樣述說，還有更重要的事。

不值一提，從他人的角度來看是種無關緊要的互動、關係、感情。

為了再度獲得這些，我選擇成為群眾追捧的對象。

然後，總算能夠背負這些堆積如山的讚賞，凱旋而歸。

回到七里身邊。

好了，用妳那雙眼追捧我吧。

但是——

我期待許久不見的七里，卻跟藤澤牽著手。

而且十指相扣。

茫然地看著藤澤。

「妳們在做什麼啦！」

聲音裡面差點要混入哭聲。驚訝的兩人一起看向我。

七里顯得吃驚，藤澤則露骨地表現不悅，繃起了臉。

她嫌棄我真會挑時間的想法明確地傳遞過來。

「為什麼七里在這裡？」

我說不出話。太悔恨、太厭惡、太生氣、太悲傷了。

說出口的話跟腦袋裡面一樣糊成一團，也想把眼前的東西攪亂成一團。

眼淚滲出，無法停止。

「那傢伙就是把我推下樓的人耶！」

我抖出藤澤隱瞞的真相。

七里的眼神呆滯。她果然不知道。

然後藤澤這傢伙，就趁我不在的時候……

「妳在說什麼？」

藤澤裝傻。我認真地想要殺了她，咬得太緊的牙根缺了一角。

「是真的吧。」

七里很快從藤澤的反應看出她在說謊，馬上離開藤澤身邊。

她來到我眼前，一副要護著我的樣子。

雖然我心想「不對，不是這樣」，但還是放心下來。

然而……

「我知道妳是怎樣的人。」

七里對藤澤隨口說出的這句話，深深傷害了我的心。

為什麼妳會懂藤澤啊？

七里又跟藤澤說了些什麼，但我沒怎麼聽進去。

七里有如要保護我般站在我身前，但我一直哭。我不是想要這樣啊。

我不能沒有七里追捧。

我就是為此才上電視。

為此才死而復生的。

但是七里，妳在幹嘛啦。

看著七里與藤澤的互動，心裡油然而生的情緒不是嫉妒兩字就可以打發。我在思考之前便先採取行動，腦袋完全沒有正常運轉。

早上也是這樣。我真的是忽然發現自己已經來到七里家門前，有種記憶非常不連貫的感覺。而且我在下意識之中緊抓著她的手臂不放，提出膚淺的要求，強迫她接受。雖然自己這麼說也很奇怪，但我應該不是這麼不知羞恥的人啊。

甚至該說我是個好面子的人。那麼沒出息的樣子，至少前一陣子的我不會想讓七里看到。

而且當七里否定了那樣的我，我覺得自己又往無底洞掉了進去。

有什麼東西在心中糾纏。蠢動著的玩意兒無窮盡地湧出、糾纏、侵蝕我。從腹部深處持續成長的那個填滿了太陽穴與喉嚨，現在也彷彿要竄出一樣訴說著不滿，即將破裂。

早上，應該是早上，被七里甩開手之後，我就沒了記憶。

過了幾天？時鐘的指針轉了幾圈？

我在哪裡、怎麼度過這些時間？

太零碎了。就算想一一拾起，意識仍是一片渾濁。

我好不容易終於能夠看清周遭，知道自己就像那天一樣，來到學校的屋頂。甚至該說，我彷彿回到那一天，無法與現狀做出區別。我看了看鐵絲網之外，確認沒有任何學生之後，才肯定兩者不同。

現在明明放暑假，我究竟是從哪裡進來的？我墜樓之後，也沒有封鎖屋頂嗎？我毀了一切嗎？我的行徑實在太過詭異，只給自己帶來陣陣噁心的感受。

感覺自己身上好像有很多車縫線，身體正沿著那些線肢解。

我無法繼續站著，只好跪下，忍著不嘔吐出來。

我知道有某種東西壓在我的感受之上，侵蝕著我。

「嗚嗚嗚、嗚嗚嗚嗚嗚。」

不是這樣，我所冀望的不是這樣。

我真的覺得其他人一點都不重要。

七里沒有看著我就不行。

但七里眼中只有藤澤。

為什麼？為什麼會變成這樣？

都是那個礙事的藤澤。她殺了我之後，搶走我的七里。

「既然這樣……」

既然這樣，這次就由我搶回來吧。

只要藤澤消失就好。

我發現一縷希望，正打算採取行動。

「哎哎，妳先等一下。」

制止我的聲音，有如一陣風按住我的肩膀。

我被打開門走進屋頂的人削減了氣勢。

她為什麼在這裡的疑問使我駐足。

「魔女。」

來人是有著與當時毫無差別的外貌，以及戴著三角帽子的魔女。

黑色連身洋裝在傍晚即將結束的這個時間點，完全與深藍色融合。

「午安，或者該說晚安？傍晚真是個麻煩的時間帶呢。」

魔女手按著頭，避免帽子被逆風吹走。彷彿跨越了時代唐突地出現的魔女，令我無比困惑，同時，身體的痛楚似乎增強了。

「妳來得好突然。」

我直接說出感受，魔女折了折帽簷之後，笑著說：

「魔女會聽見抱有強烈願望的人的聲音喔。」

她低聲說著有如謊言的話語，然後像那一天一樣，伸出了手。

「聽好了，吃下這個樹果後，選擇死亡，並堅定地祈願吧。」

魔女手上放著當時我也吃過的紅色樹果。

我看了看魔女的眼，她帶著跟以往同樣的微笑問我：

「妳有覺悟再死一次嗎？」

接著……

「如果有，就祈願自己能成為妳心儀女孩一直注意的對象吧。」

「七里注意的……？」

我搞不太懂狀況。樹果彷彿要被屋頂的風吹走般搖晃。

「妳應該已經察覺，這樹果可以實踐死人的理想吧？」

「我……」

我不知道。我以為只是外界擅自評價我的死亡而已。

若是死而復生，應該就會獲得注目。

「妳知道。」

魔女微笑。我在魔女的笑容守候下，整理她的說詞。

七里注意的對象，雖然很不甘心但那是藤澤。

而這果實可以實現死人的願望。

將這兩點統整起來，也就是說——

「要我成為藤澤，這樣嗎？」

魔女的意思是，要我死了之後成為藤澤嗎？

「妳可以當成是這樣。」

魔女乾脆地肯定。

「如我所說，若妳有捨棄自身的勇氣。」

我甚至覺得在黃昏中逼我選擇的不是魔女，而是惡魔。
同時也像是給我考驗的神明。
我無法辨別她的真面目究竟為何。
我只知道，魔女基於某種不是太好的理由，逼我做出選擇。
只有這個方法能讓我得救。
風勢變強，吹動彼此的頭髮。魔女在帽子底下的頭髮更增添了幾分紅。
以魔女手掌為基座的樹果，現在也一副要被風吹走的樣子。
要是決定得太慢，我想必會更加後悔。
所以，在那樹果自眼前消失之前——
我有如抓住最後一縷希望般，握住魔女的手。
魔女的手指彷彿與夏季無關，略顯溫暖。
是一股令人無法忘懷的溫度。
「妳為什麼要給我這個？」
「為了做一點魔女該做的事情啊。」
魔女彷彿握手般捧起我的手，如此嘟噥。這句話有如在抱怨什麼，好似有種奇妙的動機。該說缺乏神祕感嗎……包括她的打扮在內，這位魔女很有現代感。

我嗅到她手中那經過一段時間，再次呈現於我面前的樹果所散發的氣味。

強烈的花香，讓我鮮明地想起過去的回憶。

令我滿足的過去。

在無所缺憾的才能支持下，度過了一段黃金時光。

為了創造讓這段時光的回甘能永遠持續下去的世界，我吞下樹果。

魔女一副非常能接受這般結果的樣子，看著我吞下樹果。

「如果事情順利，妳們不妨離開這座城鎮一起生活吧。」

「嗯。」

七里身邊只要有一個藤澤就夠了。

就算不是原本的我也沒關係。

如果七里能用那混著畏懼與崇敬的眼光看我。

即使她眼中的人不是稻村。

不管變成什麼，我就是我。

我彷彿在魔女無形的手推動之下，跨過幾乎等於裝飾的屋頂柵欄。

毫不猶豫地往強風吹襲的校舍下方跳。

魔女在黃昏的炫目朱色之中，背著手俯視我。

啊，那眼神不行。

果然不是七里不行。

我被魔女身上延伸出的頭頂尖銳影子推動，失去了意識。

死人死人死人死人死人死人

我之所以會推下腰越，當然是因為他一直欺負我。

我遭受的霸凌來自腰越一人，而非集體霸凌，但他確實對我使用了暴力。我不知道他為什麼會盯上我、揍我，只要他遇到不順心的事便理所當然般踹我，看到我身上出現瘀青就會開心地笑出來。

我挨揍的原因是當我以目光追尋藤澤的時候，剛好跟腰越對上眼。腰越在教室裡的時候似乎也會關注藤澤。

或許這才是關鍵理由。

不過，我原本就處在奇怪的夢與對藤澤的恐懼夾殺之中，再加上腰越的暴力，讓我各方面都到了極限，所以在參加那個活動之前，我就已偷偷下定決心。

在野外教學最後一天，下山之前我帶著腰越跟大家分開。我跟腰越說有話想說，他也沒特別起疑就跟來了。他應該認為我不可能反抗，而且就算我反抗，他也不會輸給我吧。

但腰越徹底搞錯了。

這裡可不是鎮上，而是山裡。

我昨天調查過附近的地形，有個地方是有點類似山崖又有點類似斜坡的陡斜地勢。只要把他往那邊推，就不用介意我跟腰越之間的力量差距。他不可能抵抗得了大自然。一直以來住在鎮上、沒怎麼體驗過山林環境的腰越，很乾脆地頭下腳上摔了下去。

我無力地跪地，看著腰越消失的懸崖，肩膀抖動。

我不是在笑，而是哭了。

然後，豆大的汗水接連滴下。現在明明是冬天，身上的熱度卻毫不減退。我被暈眩與噁心侵襲，不管過了多久，喜悅之情都沒有到來。

班上同學都知道腰越是個任性妄為的人，若他擅自行動，最終落得在山裡失蹤的下場，也不太會有人起疑吧。

接下來，我只需要若無其事地回到大家身邊，在還沒有人起疑之前回去就好。

儘管我知道自己該這樣做，但身體動彈不得。

我差點被山崖吸了過去，正當我覺得危險而顫抖時……

「你殺了他。」

流下的汗水彷彿結凍了。

我回過頭，整個人僵住。

藤澤面無表情地站在那裡。

我無法出聲問：「妳為什麼在這裡？」喉嚨因為驚訝過度而凍結。

「我是組長，所以來找你們。」

藤澤臉上的表情完全沒有變化，來到我身邊往下看。她屏氣凝神，似乎正在尋找摔下去的腰越。我已經整個人軟腳，坐在地上動彈不得。

「看不到人，到底摔去哪裡？」

手指彷彿要搔抓地面般不住顫抖，無法順利動作。如果我就這樣跟藤澤回去，我幹的好事就會被大家知道。如此一想，眼前不禁一陣發黑。

「我畢竟是組長，好歹知道組員的狀況不太對勁。」

藤澤一副覺得很沒趣的樣子，言不由衷地說道。

她也站在懸崖邊。

原本一片黑的視野扭曲變形，樹葉和土壤彷彿攪和在一起那樣打旋。

我緩緩抬起身子，心想索性撲倒她。

但藤澤有如看穿我的念頭，率先採取動作。

「我先聲明，我是那種認為與其被殺死，還不如先殺死對方的人。」

她用眼神牽制我。

「要是江之島你就這樣跟我一起回去，你永遠是殺人凶手。」

藤澤責備我。不，她只是淡淡地述說事實，但還是好痛。

我直到現在才開始後悔，自顧自地後悔。我怎麼會做出這種傻事？

即使因為後悔而畏縮，時間仍然不等人，一秒一秒過去。

明天，制裁我的瞬間將會到來。

好想逃。

好想從這裡逃走。

藤澤彷彿回應我內心的哀號，指了指懸崖下方。

「你若不想回去，就死在這裡吧。」

她一副宣告我能逃避的地方只有那裡，毫無慈悲地說道。

「如果你沒這個膽量，那我就掐死你。」

藤澤打算實踐方才的宣言。

或者說，這聽起來更像是她想以此為藉口殺了我。

她沒有等我回覆，逕自抓住我的脖子。

「如果你不把他推下去，你自己也不用死的。」

藤澤眼中沒有恐懼。

她像是觀察著化學實驗的進展，用淡漠的眼神看著我。

「欸，藤澤同學。」

我總算勉強擠出顫抖不已的聲音。

她沒有回話，只將目光飄向我。

「妳恨我嗎？」

因為妳妹妹的關係。

我希望是這樣。

如果是，那我被妳殺害也是事出有因。

我並不想只會逃避。

藤澤有如拉開窗簾那樣輕易地揭示：

「我當然討厭你，快點去死吧。」

「嗯？」

臉頰好痛。我抬起頭摸摸臉頰，摸到一顆小石子卡在臉上。我將之取下，戳了戳原本石頭卡進去的部位，心想這裡是哪裡環顧四周，得知目前身處山中。

「咦？」

「嗯哼。」

我轉向聲音傳來的方向，見到藤澤俯視著我。她瞇細了眼，看起來正在仔細打量評估。

「藤澤？」

「……喔，原來這就是你逃避的方式。」

她閉上眼、垂下肩，呼出一口氣。

「雖然難以置信……但確實這麼一來，或許能夠消弭犯罪的痕跡。」

「妳在說什麼？」

「沒什麼。好，快起來。」

藤澤伸手過來，漂亮的指尖有如正命令我起身。

「啊，喔。」

我碰觸藤澤的手，有點小鹿亂撞。

但猛跳的不是心臟，腦海裡有個別種聲音鏗鏘作響。

……是說，我為什麼會睡在這裡？

藤澤重新揹好背包，看了看遠方，然後一如往常地開口：

「看來是沒事了。那我們也差不多該下山……腰越同學。」

藤澤

妹妹不是那種一天到晚黏著我的小孩。她不僅在外面交了很多朋友，一個人的時候也常常自己發著呆傻笑。與其說她慢條斯理，不如說她有種與年齡不符的穩重感。

妹妹這樣的個性，在我想要靜靜讀書的時候真的很好。

不過，偶爾她會拿些奇怪的問題來問我、靠近我，讓我有些不知該如何是好。

「姊姊為什麼是姊姊？」

妹妹總愛問書上沒有解答的問題。

「為什麼？因為我比妳先出生啊。」

「那爸爸和媽媽也是姊姊？」

「不是這樣子。」

光線在妹妹的圓眼上搖曳，代替了歪頭不解的舉止。就算用眼神問我為什麼，我也很難回答啊。

「這跟血緣之類的有關。」

我自己也不太懂，只能隨便解釋。

「如果血緣不一樣，姊姊就不是姊姊了嗎？」

「……應該。」

「喔。」

妹妹做出難以判讀的反應後離去。

在我因她離去而鬆一口氣的時候……

「啊，不過我喜歡姊姊喔。」

「……這樣啊。」

她突然回頭這樣說，我又不知該如何回應才好。

就像這樣，妹妹是個唐突、有點難懂的孩子。

她本身出現得也很唐突，待我發現時她已經在那裡，而我變成了姊姊。我不太有印象是從什麼時候開始變成這樣，也沒辦法明確地回想起來。包含這點在內，我有妹妹這件事情本身就很神祕。不過，即使我不記得她是什麼時候出生，但失去她的記憶卻永遠難以抹滅。

妹妹就在沒什麼特別之處的某一天，很輕易地過世了。

當然，我連跟她道別都沒有。
我彷彿在什麼也沒有的地面跌倒。
當我帶著痛楚起身時，發現這個世界竟是如此難熬，甚至讓我覺得自己彷彿變成另一個人。

做壞事會不幸，這是錯的。
做壞事之後運氣不好不是因為不幸，而是因為報應。
所謂的不幸會更唐突、更莫名其妙地造訪。
至少，我相信妹妹不是遭到報應。
我在葬禮上，一直想著這樣的事情。

我看見稻村出現在學校屋頂上完全是偶然。第一學期的期中考結束後過了一段時間，我看見稻村正好待在放學後的屋頂。在夕陽西下、學校校舍背著斜陽之中，那道人影輕輕站起。從她頭髮和制服的淡淡輪廓，可以得知她正望著我身後的劍道道場。啊，原來她在等七里。

我邊用綁在頭上的手帕擦臉，邊仰望稻村，心想她明明沒事居然還留到這麼晚。既然這麼想等七里，來加入同個社團不就得了？我這個旁人這麼想，但她應該有她的理由吧。

她在等待的七里還留在道場裡。可能是因為剛剛又輸給我，所以雖然練習已經結束，但她仍然留下來揮劍。我不清楚努力揮動竹劍是否真的能提升實力，但也覺得她都這麼努力了，應該好歹可以擊敗我啊。

老實說，我並不是本領特別高強。

雖然不差，但沒有練到人人都說我厲害的程度。

只是，我想人或許都有所謂的適性，或者該說機運……意外地就是有那種無論如何努力都無法超越的對象。可能是呼吸的節奏很合拍，或者自身的型態剛好完全配合到對方之類的……就像人品或習慣，是一種自然而然出現在身上，無法控制的狀況。

七里就是因這類狀況而嘗盡苦頭。

稻村則是一個人在屋頂等這樣的七里。

樹果。

「……」

也許這是最佳時機。

我折回去，馬上脫下道服，換上制服。

「藤澤同學，妳要回去了？」

「嗯。」

我隨口跟其他社員打招呼，瞥了還在道場揮竹劍的七里一眼，走出道場。

我快步回到校舍，走上樓梯。現在離放學已經過了一段時間，校內沒有其他學生逗留，加上文系社團的社辦在另一棟校舍，應該不會遇到其他人。

我從三樓更往上，打算推開通往屋頂的門時遇到阻礙。並不像上鎖，而是門的四角都被頂住的感覺。我再試著用力一推，得知那股力量由何而來。是晚風。

一來到屋頂，立刻充分體驗在底下幾乎完全感受不到的風勢，彷彿縷縷青絲撫過項頸的風，帶著有些距離的海洋濕氣。對剛練完社團有些燥熱的我來說，這股風甚至讓我覺得溫柔。

稻村背對著入口呆站，好像還沒發現我。可能是因為開門聲被風聲吞沒，令她沒有察覺。

我特意壓低腳步聲貼近過去。

既然她沒發現，直接動手就好。

但我還是跟回過頭來的稻村對上眼，她一副「為啥？」的態度板起臉。

看樣子她的期望落空了。

「不好意思啊，不是七里。」

我邊說著言不由衷的道歉邊靠過去。

雖然不像七里那樣直接，但我知道稻村也討厭我。她應該是不滿七里那麼關注我吧。以我的立場來說，因為這種雞毛蒜皮的小事就被討厭，實在不怎麼愉快。

哎，我也知道自己的性格不討喜就是了。

「什麼事？」

站在屋頂邊緣的稻村歪頭問道。我先等了一會兒，站在略後方的位置。

因為太靠前會被樓下的人看見。

「乘涼。」

「是喔。社團呢？」

「結束了。」

「是喔～」

聽到這個答案，稻村馬上就想往道場走去。

但我還不能放她離開。

「只是枯等很無聊吧？妳要不要也加入劍道社？社長會很歡迎妳喔。」

社長就是七里。這個地位很適合喜歡出面管事的她。

我搬出這個名字留住稻村。

「我也覺得那樣不錯，可惜心裡沒有那種燃燒熱情的念頭。」

「妳是怕自己江郎才盡被看穿了吧。」

我丟出想法。從她平時的行動來看，現在的稻村沒有太多餘力，要看穿她虛榮的外皮並非難事。只不過，與她最親近的七里似乎還沒發現這點，稻村應該是以刻意裝傻的方式隱瞞吧。

大概因為被我說中了，稻村以冷漠的眼神看著我。

「妳挺清楚的嘛。」

「我的興趣是觀察他人。」

這其實不算說謊。我因為沒有其他興趣，一直在觀察他人。

「如果妳不想被七里知道，我可以幫妳保密。」

「七里怎麼可能相信妳說的話。」

有道理。不管怎樣，那一點都不重要，只要稻村停下腳步，因為分心而稍稍疏於注意，這就夠了。

但我原則上還是拐彎抹角地試著確認。

「我說。」

「啊～？」

「如果，能夠再次回到那段幸福的時光……妳想回去嗎？」

稻村應該覺得我問了個怪問題，原本平靜的臉上出現訝異之色。

「若真能回去的話。」

稻村虛張聲勢地哼了一聲，一副看輕我的態度。

很好很好。

如果妳也這樣希望，對我來說正好。

我確認過稻村的位置與天空的位置後，悄悄繞過去。

深呼吸一口氣，吸飽了淡淡的海水氣味。

「既然這樣，妳就重生一次看看吧。」

「咦？」

我一面回想著當初江之島發生那件事的時候也這樣做就好了，一面推了稻村的背一把。

被我推開的稻村乘著風，輕巧地踩空。

看著稻村因突如其來的事態發展而失去平衡的姿勢，我心中產生些許哀愁。

竟然會被我這種人擺一道，看來她真的江郎才盡了。

過去的妳明明那麼耀眼。

「對不起，如果我有很多條命，其實是打算自己嘗試。」

但因為沒有，所以若有人叫我跳樓，我也會很困擾。

我看著稻村有如五彩繽紛的傳單那樣落下。

「妳……」

妳會許下什麼願望呢？

比方說，劍球就是因為有那顆球才會叫做劍球，沒了之後那個東西還算是劍球嗎？我在某一天突然成為姊姊，然後失去了妹妹，這樣的我還能算是姊姊嗎？

一度賦予我的角色硬生生遭到剝奪，要在缺了一塊的情況下活下去，實在太過空虛。

若能取回遭到剝奪的事物，我絕不會猶豫。

稻村死亡之後過了幾天，毫無問題地復活了。只是她跟截至目前為止的狀況都不同，在復活之前隔了一段較長的時間，害我不禁心想不要吊人胃口啊。不過事後想想，在葬禮途中死而復生是多麼戲劇化又煽動人心的事件也就可以理解了。

我曾經擔心若她在火葬途中甦醒的話該如何是好。

還是說，從燃燒殆盡的灰燼之中復活會更戲劇化呢？

總之，稻村就這樣被當成神童，受到世間注目，成為吹捧的對象。

我不能確定這是否是稻村想要的。

不過，確實是我追求的。

從死地復甦的女高中生稻村的消息一口氣擴散到全國，這麼一來，與世隔絕、歸隱山林的魔女應該也有機會聽到相關消息吧。不，若連這樣都沒辦法，那我就頭大了。我就是為了引出魔女，才讓稻村負責演這一齣復活大戲。剩下的只要等魔女來訪就好。

但我不知道她會來找誰，所以必須低調地盯緊每個人。

她一定會來找我們。

「……」

因為我開了殺戒。

接下來就不會停，只要一路向前衝即可。

我家住在社區公共住宅六樓。家裡空間雖然狹小，但我覺得樓高挺剛好的。因為跟雙親一起住，直到我上國中仍沒有自己的房間；上了高中之後，才用調整家具擺設的方式，硬是弄出一個小小的房間給我。

雖然窄小，但光是有對外窗就很謝天謝地了。

若妹妹還活著，房子應該會顯得更加狹小、更加熱鬧吧。

我回家的時候發現房間的門開著。出門時我確實有關上房門，而且房間的打掃工作是由我自己一手包辦。打開了不可能自行開啟的房門，讓人得以察覺有異，應該是犯人刻意為之吧。

我瞬間失去血色，冒起雞皮疙瘩。

我是在沒有特別注意的情況下打開玄關門，來者應該已經透過聲音察覺到我的存在，當然前提是對方還在房內。我折返回去打開櫃子，找找看有沒有東西可以當成防衛用的武器，結果只發現穿鞋器。穿鞋器喔……我用手彈了彈尖端，反正有總比沒有好。

我抱著穿鞋器和書包，悄悄窺探房內狀況。

馬上跟房裡的人對上眼。

「……」

我就這樣錯失了撤退的時機。

「午安。」

戴著紅色帽子的魔女坐在窗邊。我有些驚訝，但我想我沒有驚訝到無法隱瞞。

我首先將書包放在桌上，然後又看了魔女一眼。魔女邊用食指轉著三角帽，邊等待我。

「夏天大多數人都會開著窗戶，真是幫了我大忙。」

如魔女所說，她身後的窗戶大大敞開。窗戶另一頭沒有落腳點，只有彷彿小孩隨意上色的蔚藍天空。天上甚至沒有任何雲朵，感受不到遠近。

「這裡是六樓耶。」

「我當然是騎著掃把飛過來的啊。」

兩手空空的魔女來到他人房裡，還穿著鞋子。看著滿是泥濘的運動鞋踩在地毯上，我想起野外教學時的山中情景。如果她是從那裡走過來，那麼魔女的體能真是不容小覷。魔力我就不得而知了。

比起以前看到的時候，她現在的打扮配合了夏季。沒有改變的只有容貌，以及頭上那頂紅色帽子。我收回前言，過了整整八年外觀看起來還一點也沒變，絕對是魔力造成的。

「……總之麻煩妳先脫鞋好嗎？」

「啊，失禮了。」

魔女老實地照做，脫了鞋光著腳，腳趾看起來有些嬌小。

「我可以拿去玄關放嗎？」

「要是我家人問起這是誰的鞋子該怎麼辦？」

「就說是新來的家人啊。」

「我不想要。」

我拒絕之後，魔女只能不情不願地將鞋子翻面放好。雖然正面也很髒，但還算可以接受。

「妳怎麼打開玄關門鎖的？」

「我用了魔法道具喔。」

魔女從懷中取出某樣物品丟過來。那是一把像某類工具的玩意兒。

「這什麼？」

「上面有可以開鎖的魔法。」

「……魔女是小偷的代名詞嗎？」

居然用了闖空門用的工具，實在讓人傻眼。魔女似乎沒什麼收入來源，仔細想想她們要怎麼生活，就覺得魔女會幹出闖空門的勾當好像也不太奇怪。

我甚至想對她說，要不要別當魔女了。

魔女擅自拿出坐墊，抱住膝蓋縮成一團坐著。她的舉止是那麼自然，為神祕的年齡與真面目增添幾分稚嫩。許多特質混雜其中，讓我反而更覺得矛盾。

我也坐在棉被角落。雖然她看起來沒有加害我的意圖，但我還是跟她稍稍拉開距離。

「話說，妳為何拿著穿鞋器？」

她看到我手中的穿鞋器感到疑惑。

「為了打退魔女啊。」

「比起那個，我想拿除草劑來應該更有效喔。」

「這我倒是第一次聽說。」

腦中增加一項不是很重要的知識。我放下穿鞋器，伸展著手指。

「妳來得真突然。」

她處理的速度比我想像中快得多。從稻村死而復生的事情上報以來，並沒有經過多少天。

「別騙人了，妳就是在等我來吧？」

魔女接下我丟回去的闖空門道具，直接點破我的盤算。

「一旦那個叫稻村的女生成名，我就只能出面。為什麼呢？因為我這個魔女的存在很有可能公諸於世……妳應該是這樣想而付諸行動吧，壞孩子。」

「啊，原來妳真的是魔女？」

我故意裝傻，偏離應注意的關鍵點。雖然我擅自認為她是魔女，但這是她第一次自稱魔女。這麼一來，今後我就可以毫無芥蒂地當她是魔女。

「依我看，為達目的不擇手段的妳才是魔女呢。」

「慢著慢著，妳從剛剛就一直在說我做了什麼？」

「妳殺了那個叫稻村的女生吧？」

雖然是正確答案，但為什麼她能看穿得這麼透徹？我相當好奇。

魔女指著我，彷彿預言般說道：

「我第一次看到妳就知道了，妳是那種真的會動手的人。」

她的評論簡直像案子發生之後，鄰近的A氏所發表的言論。

「他明明是個乖小孩，居然會做出這種事～」之類的。

……不對，剛好相反。

「我早就知道他遲早會這麼做～」才對吧。如果在接受採訪時說這種話，觀眾可能會在電視機前面吐嘈「既然知道為何不出面阻止啊」之類的……扯遠了。

「其實我是用千里眼看到了。」

「喔……」

「總之我看到妳掐死朋友了喔。」

「啊，妳看到啦……」

真危險。要是別人看到，我就得去收拾目擊者了。

「當時的妳看起來真像個魔女。」

「那個人不是我朋友就是了。」

千里眼的清晰度似乎不及毛玻璃。

總之我被魔女認定是魔女。

即使如此，也沒有發生她特意加深房內影子的狀況。比起這點，我現在知道兩個人擠在這狹小的房間裡會比平常更加悶熱。

「妳這個壞蛋，惡鬼。」

吵死了。

「我沒有選擇做法實現夢想的器量。」

「是嗎？我倒是覺得妳挺有器量呢。」

「謝謝稱讚。說起來要是能直接聯絡到妳，我就不用做這麼拐彎抹角的事。」

家裡沒電話的魔女就是這樣才麻煩。

「要是有行動電話就好了。」

「行動電話？」

這是個我好像知道是什麼，但身邊不太常提到的詞。

魔女瞪大眼睛說：

「妳不知道行動電話嗎？是指在外面也可以使用的電話喔。雖然還沒普及，但我想遲早會變成人手一支吧。畢竟很方便啊。」

魔女似乎比我還熟悉現代文明。這應該只是她有更多時間可以學習，也就是她比我閒的意思。跟在附近無所事事地晃來晃去的大叔沒兩樣。

「在外面也可以打電話啊？真有這麼多事情好講嗎？」

而且要是真的可以隨時講電話，不就沒辦法隱瞞自己在哪裡嗎？我覺得行動會受到限制。

「如果遭遇意外的時候也可以馬上聯絡他人，確認安危……如何，很方便吧？」

「這樣不太好，會無法爭取逃跑的時間。」

魔女出言指責我是個邪惡的罪犯，但她擅自闖進別人房間，不也算是犯罪嗎？

我轉頭打開桌子的抽屜，取出紅色樹果。

「這個樹果能夠轉化為性命對吧？」

「哎呀，妳居然還留著。」

魔女依然保持微笑，臉上不見驚訝。她應該已經知道當時我只是假裝吃下樹果。我只是將之放進嘴裡，沒有嚼碎。

即使經過這麼多年，樹果仍然帶著豔麗的紅，幾乎沒有任何褪色的跡象。

有如眼前這位魔女。

「當時妳為什麼沒有吃？」

「可以當場吃下這麼骯髒樹果的人才奇怪吧。」

魔女苦笑。

「這年頭的孩子喔……」

「而且……」

我支吾其辭。在當事人面前有點難啟齒。

畢竟做的事有點不好意思。

我在試著對魔女做人工呼吸的時候，發現她口中有東西，於是用舌頭將之推到喉嚨深處，結果魔女就恢復意識了。

現在想想，當時舌頭碰到的便是樹果。

「妳利用樹果復活了幾次？」

「復活……嗯～該怎麼算呢～」

魔女一副覺得這種說法不是很貼切般歪著頭，可能不滿意我描述的方式。

我對魔女說出樹果的效用：

「我在看過死後的經過之後確定了。這個樹果帶來的額外性命，會重新打造吃下果實的人，可以把自己變成死前所希望的形象。」

就像江之島假扮腰越的外表和記憶重生。

為了隱瞞自己犯下的罪行。

「算是這樣吧。」

「有哪裡不對嗎？」

因為我覺得這回應不甚乾脆，於是追問下去，魔女便以「這個嘛……」開頭，轉了轉食指。

「妳搞錯消耗的順序了。」

「順序？」

「首先是死亡，接著失去所謂的性命……然後才是種子。」

魔女從帽子取出樹果，用手指挾著舉起。這動作她以前也做過。

然後，她毫不猶豫地捏碎樹果。

順帶一提，她手中樹果的顏色是咖啡色。簡直像是不同的果實。

「它不會因為代替人死去而粉碎，這個種子頂多能夠成為另一條性命。」

「……然後，會擅自重新打造死去的人。」

「種子是要在埋在地底，藉此順利成長的生物啊。」

魔女拍掉粉碎的樹果……喂，不要亂丟在地上啊，這是我的房間耶。

「如此才能開出更加美麗的花朵……以植物而言可是理所當然的輪迴。」

「……由美麗的妳來說，還真是有說服力。」

「哎呀。」

接受稱讚的魔女稍稍紅了臉。我猜她八成連呼吸都暫停了。

原來如此，最開始是當事人的性命啊。

也就是說，我無論如何都擺脫不了殺人犯的身分。

不過都到這時候了，也不必介意這種事。

若沒有人制裁，罪行這種東西只是一項事實罷了。

會不會後悔自己殺了人，完全因人而異。

「所以不該說死而復生，該用『重生』來形容比較貼切？」

「就是這麼回事。」

方才不知該如何解釋的魔女點點頭。

也就是說，現在是那顆樹果支配著稻村。那麼，意志究竟屬於何方呢？

雖然我有些在意，但樹果不夠我自己親身死一次體驗。

「其實我不是想問這個。啊，確實有事情想找妳啦。」

我終於切入正題。

經過預習、複習之後總算能說出口。

「讓我妹妹復活。」

魔女驚訝地眨眨眼，我不滿她裝傻的態度而瞪了過去。只見她抱緊雙腿坐好，將嘴埋在膝蓋，以悶悶的聲音回應：

「別說這種傻話。我並沒有神奇的力量，只有這樹果是例外。」

「妳不是騎著掃把飛到六樓來了嗎？」

「騙人的～」

我非常想對她說「不要承認啦」。只有嘴上功夫一流的魔女，似乎很不自在地更是垂下頭。

「所以當時真的很危險，因為我在吃下樹果前就力盡而亡……如果妳沒有出面救我，我應該就完了。」

她以陳述事實的平淡語氣說道，彷彿沒有任何感謝之情。

她該不會真的想死吧？如果是這樣，我不就多管閒事了嗎？

早知道掐死她就好。

「妳不打算報答救命恩人？」

「咦？我給妳樹果了吧？」

「這是屬於妳的東西嗎？」

從她的說法聽來，她並沒有培育這些樹果。她該不會想說第一個發現的人有資格擁有它們吧？山上應該還是有地主……不過我覺得她若在這些制度制訂之前就已出生成長，也不太讓人意外就是了。

「說穿了，妳沒有任何力量對吧。」

「是的。」

老實的魔女只是詭異，完全派不上用場。

「那我沒事要找妳了。」

留下派不上用場的魔女在身邊只會不吉利。我揮揮手趕她回去。快點從打開的窗戶滾回去吧。

「妳能借我掃除用具嗎？」

魔女一副有事相求的態度拜託我。她的態度不同既往，顯得堅持。

「確實，妳是該把弄髒的地板清乾淨。」

「畢竟我暫時要借住在這裡，好歹讓我負責打掃。」

「……啥？」

魔女將行李箱和魔女帽子放去房間角落，露出親暱的微笑。

「我不可能馬上回去啊，畢竟不能放著上電視的那女孩不管。而且我還滿喜歡這裡的。」

「最後那個算不上理由吧。」

「我好久沒有住過別人家了，我會找尋合適時機洗澡。」
「請妳回去。」
我家可不是讓人借住用的。
但魔女彷彿毫不介意，起身去拿抹布。
「……為何啊？」
踩著小跳步的魔女似乎真的打算住下來。
事情為什麼會變成這樣？
我原本以為魔女是半開玩笑的，遲早會打道回府，但她到了晚上還賴在我房間裡面。至今從未啟用過的電風扇擺頭功能正勤奮地工作著。
「啊～泡澡真好～」
魔女就像被沖上海灘的水母那樣癱著。剛泡完澡的她全身暖烘烘的。
她身上穿著一件襯衫，下半身只有一條內褲。未免太放鬆了。
還有，濕潤的頭髮感覺起來更增添幾分紅。
「明天我就會離開了。」

這個可疑的臭無業魔女。但想想我還是讓她留宿一晚，有夠天真。

話說這已經是魔女第二次洗澡。第一次是一來沒多久就去洗。

她到底多久沒洗澡了啊。我進浴室一看，整個浴缸都變色了。

這次起碼沒有洗出淤泥。

「我打掃了浴室兩次喔，很乖吧？」

她邊躺著打滾邊說出奇怪的話。我心想就算剛泡好澡，妳的腦袋也太打結了，忍不住笑出來。魔女也彷彿很高興地微微一笑。好想揍她。

「下山花費不少體力，我今天想早點睡。」

「是嗎？妳可以睡這裡。」

我提供房間旁邊的壁櫥給她用，很意外地魔女眼中竟然閃閃發亮。

「我知道，這就是所謂的哆〇〇〇吧。」

「若妳喜歡，我提供得也值得了。」

我推她過去。魔女嘴上說著「好窄、好小」，努力縮起手腳辛苦地把自己塞進去。

「要是感冒就不好了，請用涼被。」

我繼續追殺。把涼被拿給她之後，填滿了所剩不多的空隙。

我速速關燈窩進棉被裡。雖然想過從外面用門檔一類的頂住門，但還是不免心軟。而且要是她在裡面熱死了，麻煩的可是我自己。

「晚安。」

「好熱。」

我一面感嘆事情果真難以如願，一面閉上雙眼。

原以為見到魔女就可以解決事情，沒想到衍生出更多問題。

「欸欸～」

壁櫥傳來聲音。想必是可怕的妖怪，還是不要搭理吧。

「我想問妳當時為何救了我，所以才來找妳。」

我背對著聽她的聲音，並且不翻身裝睡。

「說穿了，妳的個性不像是樂於助人的類型。」

要妳管。

「長得又一臉壞人樣。」

才不是咧。

「……妳睡了嗎？」

我在口中回她：「睡了喔。」

「笨蛋~阿呆、遲鈍、小氣。」

這年頭連小學生都不會這樣罵人，妳到底是哪個年代出生的啊？

先不管這個，這魔女怎麼可以這樣罵提供落腳處的恩人。尤其小氣最令人火大。

「我這麼吵鬧，妳怎麼可能睡得著？不要再裝睡了。」

我有點猶豫要不要起床過去揍她。

但要是太吵鬧，父母應該會起疑，所以我無可奈何，只好翻個身。

魔女的紅褐色眼眸浮現在夜色中。

彷彿與潛伏在草叢的野獸對上眼。

「妳能不能安靜點？要是被知道妳在這裡我就麻煩了。」

「只要妳回答剛剛那個問題，我今晚就會乖乖的。」

說什麼今晚，妳又不會有明晚。而且沒有人這樣說話的。

我在被窩裡伸伸腳，嘆了一口氣。到現在我才開始擔心，找這種魔女過來的做法是否正確。

「……以前的我無法放著有困難的人不管。」

我都這樣老實回答了，魔女竟然瞪大眼睛。

「騙誰啊？」

「我沒有騙妳。」

當然，這都是為了自己。

我把被子拉高到肩頭，閉上雙眼，壓低呼吸。

「晚安。」

「……」

我無視她。

那時候我的夢想是上天堂。

所以會盡可能地乖巧行事，並且率先出面幫助他人。

因為我認為，這麼一來就可以上天堂，然後再次見到妹妹。

人類是會漸漸習慣的。

我父親在我的祖父，也就是他的父親過世時非常悲痛。我看到他在喪禮上痛哭的樣子，那應該是我第一次看到大人哭得這麼悽慘。不過，現在他能夠很平常地笑、生氣，也不怎麼哭泣。

妹妹過世的事情，父母現在都調適得很好。

人類能夠忘懷、克服、適應許多事。

我則是那種忘了就無法活下去的人，所以適應力對我來說只是困擾。

我無法忘記自己是那個妹妹的姊姊。

正準備去上學時壁櫥突然打開，著實嚇了我一跳。接著我看到一個人滾出來，才想起「對喔，這個人在我家呢」。

魔女跟涼被一起滾出來了。

看她確實做好落地動作，應該已經醒過來。

「早安。」

「妳快點出去。」

我速速跟她道完早。魔女邊用手梳頭，邊眨了眨眼說：

「妳要去學校？不是放暑假嗎？」

「下禮拜才開始放。」

我確認了樹果還在抽屜裡後闔上抽屜，叮嚀魔女：

「妳不准拿走啊。」

「我不會討回已經送出去的東西啦。」

這顆紅色樹果就算過了這麼多年也不見腐爛。它真的是樹果嗎？

說不定是某種神祕生物的蛋。

但不管哪一種，都可以孕育生命。

「別說這些了，慢走啊。」

「妳也要走。」

儘管覺得沒有用，我還是叮嚀她記得離開之後才出門。

既然無法指望魔女，只能想想其他方法。

我邊走邊沉浸於思考之中，沒看路上景色一眼。

手邊留著的樹果肯定是關鍵。我手上沒有其他可以打破常識的事物，只能想辦法讓這沒常識的種子開花。

不過魔女比預料的還沒用，我不得不仰賴另一個方法。

樹果能讓人重生。

那就只能找個人抱持著想成為我妹妹的心願，然後死去。

幾年前想到這個方法時，我當下血氣盡失。但血液仍循環著，這之間的緩急與溫度差讓我渾身冒起雞皮疙瘩。

若要說是否能夠完全以他人身分重生，答案是肯定的。我已經確定無論是記憶或外表都可以改寫，甚至連體格都能產生變化。

但要說這樣重生出來的人是不是我妹妹，答案則是否定。

可是，要讓已經死去的人直接復活的難度太高，我只能在某些地方妥協。如果身心都完全成為我妹妹，我認為那樣應該與死去的妹妹沒有什麼差別。這樣已足夠讓我想看看在那之後會有什麼樣的發展。

稻村已經死了一次，因此剩下的只有七里。

「……難度真高。」

畢竟七里討厭我，而且要讓她想變成我妹妹，該說太荒唐了嗎？或者說是畫大餅？但根本連餅都畫不成啊。七里頂多知道我有個妹妹，大概吧。這麼一來，我該從哪方面下手才好？

「……」

只不過，稻村不在的現在應該就是關鍵時期。

所以我立刻採取行動。

「七里同學。」

放學後，我留住因為稻村不在而打算早早回家的七里。七里首先因為叫住她的是我而抖動一下肩膀，接著在驚訝之餘瞇細了眼。

「……什麼事？」

這是充滿懷疑的應對。我在內心笑了，真難應付啊。

「妳不去社團？」

「今天請假。」

我在內心嘀咕應該是「今天也請假」才對吧，但不能做出畫蛇添足的事情惹她不高興。我邀她一起回家，她一開始當然拒絕。她可以如此直接了當地拒絕，確實相當有膽識。她在人際關係方面的分寸拿捏得很到位。

不過在我持續邀她一起走之後，她就無法抗拒，只能任我擺布。

我在跟她一起練社團的時候，就發現她不太能抗拒他人的強硬態度。

我走在她身邊，心想如果她知道是我推下稻村，會有什麼反應呢？會想掐死我嗎？總之，一旦被她知道，我就玩完了。

看她儘管不情不願還是願意陪我，顯然稻村還未告訴她真相。如果魔女所說的行動電話真的存在，她們一定會馬上聯絡對方吧。

那種東西果然只會礙事。

我提起稻村消遣七里，只見她害羞得臉龐倏地泛紅。沒想到在野外教學的時候偶然撞見的場景，居然會到這個時候才派上用場。人生意外地不會有太多無謂呢。

於是我決定這時候一鼓作氣強行搶攻看看。

畢竟我沒時間了。要在短時間內拿出成果，必須賭一把。

七里其實還滿注意我的，只不過是在「討厭」這方面。

如果能將她的注意稍稍轉向，或許有機會輕鬆地翻轉局面。

我基於這樣的想法上前一步，送上自己的嘴唇。

都做到這種程度了，她應該沒空想是不是討厭我吧。

我會讓她腦中一片混亂。

七里似乎完全沒料到我會這麼做，毫無抵抗地任我疊上她的嘴唇。

慢了一拍才退開的七里，彎起眼睛，彷彿勾出一個問號。她應該在想要懷疑世上一切的情緒中，聽到了常識遭到破壞的聲音。

「幹什麼啊啊啊啊？」

她連耳朵都充血發紅，指尖顫抖，然後對我怒吼：

「欸，等等，妳、妳這、那個，變態！」

「說得真過分。那麼，稻村也是變態囉？」

「這！或許是吧！」

我笑她居然沒有否認。

因為她的反應還不差，所以我先暫時收手，簡短地跟她打過招呼就逃跑了。確認她沒有追上來之後，我才碰了碰嘴唇。

「差不多是這樣吧。」

這麼一來，七里會變得以特殊的眼光看待我，接著只要累積彼此互動，讓她的特殊想法持續發酵，再跟她提起妹妹的事，想辦法引導她的念頭轉向……挺不錯的。

我沒自信可以做到，但想相信自己已經向前了一步。

「……畢竟我也沒有戀愛經驗……接下來該怎麼辦呢？」

在學校以遊刃有餘的態度對待她，藉此迷惑她吧……好像很好玩。

她一定會做出我意料不到的有趣反應。

不知道的事情很有趣。

知道之後將更顯有趣。

我一面回想一直在看書的孩童時代，一面回家。

「歡迎回來。」

「……我確實不覺得我叫妳出去，妳就會乖乖離開啦。」

魔女在屋內斜斜戴著帽子，擺出右腳稍稍向前的姿勢迎接我回來。如果回來的不是我，而是我父母該怎麼辦？

這時候我差不多已可以確定，這魔女似乎是個有著賢者外表的笨蛋。假設她已活了很久，也可以理解會是這樣。

「發生了什麼好事嗎？」

她邊調整帽簷的斜度，邊問了我奇怪的問題。

「什麼意思？」

「因為妳笑了啊。」

聽她這麼一說，我在心裡吃了一驚。

「……沒啊，沒什麼。」

我因自己居然表現出那樣有空隙的情緒而丟臉，收斂心情。必須更冷漠才行。

我踏上狹窄的走廊，魔女便追了上來纏住我。

「妳什麼都可以跟我說啊。」

「假裝親切的魔女當然沒有絲毫善意，只是為了能夠借住在這裡而扮演假好人罷了。」

「好過分。」

「妳又不是我姊姊，不用這樣黏著我吧。」

我推開魔女，她就站在走廊上雙手抱胸。

然後彷彿用視線從上到下追著什麼而擺頭。

「姊姊啊。」

接著品味似地說道。

「好像挺不錯呢。」

魔女在帽子底下笑得如同純真的小孩。

「妳是多久以前就活著？」

如果死了之後可以靠著樹果的力量重生，那麼就不能用外表來判斷她的年齡。

或許她的生命，會從附在這本教科書上的日本歷史年表某處開始。

魔女停下洗好澡按摩腳底的動作，抬起頭說：

「我想外表看起來應該是二十歲左右。」

「如果妳不想說就算了。」

我闔上教科書，魔女開始做伸展運動，順便重新回答：

「應該是一千兩百歲左右吧？」

魔女大概沒什麼把握，語氣顯得有些軟弱。

「以前的事情太模糊……我基本上選擇不去相信死前的記憶。」

眼前這位經驗豐富的人表示，如果強行回想，很可能造成人格崩解。

跟以「絕對不想忘記」為目的而活的我正好相反。

她一路抹滅自己曾經活著的過往，即使如此仍能繼續人生。

這樣究竟有什麼意義？

「活著快樂嗎？」

「我一次也沒這樣覺得。」

「嗯哼。」

既然這樣，說不定妳是世界上最不幸的女人。

我突然好奇這不幸女人的一天生活是怎樣。

「妳白天都在做些什麼？」

「去鎮上觀光。對隱居山林的人來說，鎮上充滿新鮮的刺激。」

「……啊，是喔。」

挺快樂的嘛。這臭魔女。別說死前了，顯然連五秒鐘前講過的話都不足採信。

「還有看了很多電視節目。畢竟如果那孩子不小心說溜嘴，我就傷腦筋了。」

關於這點我也是一樣。雖然稻村因為已經不是小時候那樣的神童，影響力沒有那麼大，但要是她抖出當年野外教學的事或我們的名字，的確就麻煩了。稻村真的滿礙事的。

「不過妳看起來很閒，真羨慕妳。」

「閒才好啊。要是有目的，反而活不到上百歲喔。」

很可惜，因為我不打算活那麼久，所以魔女這不容揶揄的忠告沒有參考價值。對魔女來說，活下去本身似乎就是她的目的。

她或許已經放棄思考後再行動吧。

「妳為什麼給我們樹果呢？」

雖然可能會得到瘋癲的回應，但我仍忍不住想問。

「我說為了答謝你們並非謊言啊。」

魔女邊向前屈身抓住腳趾邊說。答謝啊……

「救了妳的只有我耶？」

其他人只是站在原地，什麼忙也沒幫。

……不對，算是幫了忙吧。

我因為想要大家當證人，證明我幫助了他人，才找他們過來。

「妳其實想要獨吞嗎？」

「不是這樣。」

她巧妙地迴避問題。是因為有什麼顧慮，還是沒什麼好說的呢？

不論是哪一種都沒差，我的好奇僅止於若她不想說也無所謂的程度。

魔女最後仔細地做完開腿、伸肘動作，才結束伸展運動。

「妳很熱衷運動呢。」

「若晚上不做點伸展操，早上睡醒的時候身體會到處痠痛啊。」

「喔，這樣啊。」

她從被關進壁櫥這樣無意義的行為中，還是能夠學到些什麼，讓我不禁尊敬起人類的積極正面態度。真是莫名其妙。

「晚安。」

「妳真的很早睡耶……」

她做完體操之後，速速鑽進壁櫥裡。

「早睡早起，完全是個老人家了。」

過一會兒，壁櫥傳來夢話：

「我想吃花枝生魚片。」
「這夢話也太具體了吧。」
「章魚～」
我以為她在開玩笑，所以等了一下看有沒有後續。
接著就聽到魔女平穩的呼吸聲。
我頓時無力，決定也去睡覺，鑽進被窩。
那天，我夢到妹妹。是她在沙地玩沙的夢。
我沒有跟她一起玩，只是在一旁一直看著她。

我其實沒有要去超市，但從外面看見七里在裡頭讓我高興。原來她在打工啊。
我轉向超市去。
當然，這麼做是為了幫妹妹的復活鋪陳，並沒有其他意圖。
「……沒錯。」
我必須小心不能動情，畢竟我遲早得殺了她。
不過我想自己沒有纖細到一旦動了情，就無法痛下殺手的程度。

我想到沒有買些什麼就無法去收銀區，於是隨手拿了花枝生魚片，往收銀區過去。昨晚魔女的夢話似乎給我留下深刻印象，我的購物籃裡只放了一盒花枝。以女高中生來說，只買這東西好像有點可笑。

我在收銀區與七里面對面，只見這個跟我同齡的店員，明顯露出服務業不該有的表情迎接我。不過起碼她還是有好好工作，沒有趕我去其他收銀台。

這確實很像正經八百的社長會做的事。

在我等待結帳的期間，隨意看著帶小孩來買東西的母親或獨自來採購的爺爺。

我茫然地沒有對準目光焦點，回憶便從大人們之間溢出。

七里用眼神問我在看什麼。

「我只是在想，當年跟妹妹一起來過呢。」

這句話沒有騙人。我以前曾跟妹妹手牽手，來這裡找尋母親託買的東西。雖然母親自己來買一定比較快，但我想這也是一種生活學習吧。

我丟這個話題給她，讓她稍微意識到我妹妹的存在。即使現在對她的影響還不明顯，但遲早會發展到無法忽略的程度……若是這樣就好了。我必須鋪陳這一切，所以又吻了七里。我抓到她大意的瞬間成功之後，一股「幹得好」的情緒油然而生，感覺愈來愈有意思。遭我偷親的七里反應也相當有趣。

捉弄七里一番之後，我拿著結完帳的花枝離開超市。

走出陰影前，我茫然看著空空的左手。

當我沉浸於感傷時，這隻手隨著微風被抓了起來。

是魔女。

「要是我說『這才是填補寂寞的魔法』，妳覺得如何？」

她走在我旁邊，得意地笑了。

「哇，妳真的在鎮上閒晃喔？」

而且頭上還確實戴著魔女帽子，沒有人比她更加醒目。

「填補寂寞的魔法如何啊？」

魔女積極想要獲得這句害羞發言的感想。

「很厲害呢。」

「填滿妳內心的空洞喔。」

「快點放開我啦。」

要是被七里看到就麻煩了，所以我像要拉著魔女的手一樣大步往前走。

「妳買了什麼？」

快步走的途中，魔女看了看我手中輕巧的超市提袋。

「哇，是章魚耶。」

妳的腦袋才是章魚。

「這是要慰勞我的嗎？」

「慰勞應該是用在有所付出的人身上吧？」

明明沒有受到絲毫打擊，但魔女仍誇張地叫著「哎呀～」往後仰。

「那當成謝禮如何？我陪妳約會的謝禮。」

「帶著花枝生魚片約會？」

這麼一來，這個的用法不就跟我很像嗎？我板起臉，覺得她真是強硬。

魔女臉上帶著笑容，直直拉著我、領著我，我急忙心想危險而用力扯她一把。

原本打算穿越紅燈人行道的魔女靠著我，帽簷蓋在我臉上，令人不快。

「喔唷唷。」

毫無危機意識的魔女嚇了一跳。

總之，我想提醒她注意一下號誌燈。

「隱居山林的人真是……」

「還好有牽著妳的手。」

「才不好，我可不想被妳連累。」

想被車撞是妳家的事——我原本想這麼說，卻被突如其來的噁心感打斷。

我想起妹妹被車撞的時候，還有被撞了「之後」的狀況。

「謝謝妳救我。」

魔女開心地道謝。

「讓我向妳道個謝吧？去約會之類的。」

「……帶著花枝生魚片？」

「一起吧。」

號誌變成綠燈之後，魔女純真地聳聳肩，先行踏出腳步，彷彿打算單手帶著花枝生魚片，在有古都之稱的城鎮舞蹈般任憑時間流逝。而跟魔女牽著手同行的我，則是煩惱著到底哪些是現實、哪些是虛幻。

那天無論在書店還是咖啡廳，我都吻了七里。

先不論書店，但我覺得在咖啡廳若沒那樣做就不好了。

儘管沒有表現出來，但我一踏進店裡就差點露出傻眼的表情。

因為魔女也坐在店裡。她坐在靠近入口的位子，旁邊堆了一落百圓硬幣，沉浸在遊戲之中。因為她沒有戴帽子，加上低著頭難以確認面貌，所以七里似乎沒有察覺，但我真的很想罵她白痴。

要是七里跟她認出彼此就麻煩了。

所以，我必須讓七里比以往更醉心於我。

這麼做了之後，我稍顯強硬地搬出妹妹的話題。

如我所料，七里生氣了。如我的盤算，她吃醋了。

講著講著，我覺得自己漸漸變成一個很過分的人。

如果知道我的本意，相信不會有人原諒我。

在我結完帳、離開咖啡廳的時候，對著魔女的背影罵了一聲「白痴」。

魔女總算察覺狀況回過頭，很開心地指著畫面對我說「妳看妳看，我刷新了最高分數」。我補一句「阿呆」之後去追七里，邊安撫氣噗噗的她邊牽起她的手，跟她嬉鬧。不論是多麼低水準的競爭，七里都會想跟我較量。

這樣還滿好玩的。

不過好玩的事情大多持續不久。

這次也一樣。

因為稻村出現，我跟七里之間建立起的關係崩解了。

她出現在這裡有些出乎意料，我不禁在內心嘖了一聲。她居然這時候現身。

一如所料，我推下稻村墜樓的事跡敗露，計畫也整個泡湯。而且還在人來人往的路上大喊殺不殺什麼的，只換到引人側目的結果，真是夠了。

到頭來還是沒能來得及，面對這個結果我也只能笑了。

就這樣，七里在重新理解我是個怎樣的人的情況下，想跟我一決高下，而且是真的要賭上彼此的性命。

儘管無法再利用她，我卻沒想太多……對，真的是沒想太多便接受這場對決。明明我不可能有什麼因為打算利用她而產生的罪惡感啊。

難不成我其實很中意七里，甚至超乎自己的想像？

「一般說來，不管是誰都不會想要互相殘殺什麼的吧。」

我在落單之後，才弱弱地這麼嘀咕。

七里雖然有性命保障，但我只有一條命。

死了就結束了——在這場決鬥中，這麼理所當然的事卻只會發生在我身上。

所以我不能敗給她。我的生命還存在著意義。

當天晚上，我提前一步目睹他人的死亡。
而且都是些熟面孔。

「因為你已經是死第二次了。」
我對著倒在地上、已經沒有後路的腰越，說出可能太過遲來的真相。
但江之島同學啊，你已經假冒腰越同學活得夠久了吧。
在夜晚的鎮上遇到以前是江之島的人，正面臨死亡。
在他欣喜地對我說他確認了和田塚的存在之後，自己卻變成那樣，落差真大。
明明是個可以遙想許多將來的夜晚，卻無法迴避這樣的結局。
因為江之島捨棄了自身過往，所以他不記得自己曾死過一次，當然也沒有當時殺了人的記憶。如果能夠不記得這些過往而死去，應該比較幸福吧。
不過比起這些，更關鍵的是在那之後他肉體發生的突變。
從耳朵、眼睛等部位生出植物根部般的玩意兒。
他本人沒有察覺，只是樣子看起來很痛苦。
「我就知道事情……是這樣。」

我把剛剛嘟噥過的事情重複一次。

無論怎麼看，這樣的下場都是樹果惹的禍。算是副作用嗎？或者單純是到了極限呢？無論是哪一種，看來樹果並不是能完全替代生命的玩意兒。

已被植物蒙住眼睛，應該看不太到東西的腰越低聲呻吟：

「我有事相求。」

「……你說說看。」

如果是想求饒或者詛咒一類，那我就不要管他。

但腰越最後，真的是最後，留下的話語完全不是那樣。

「在我家桌上、放千圓鈔……給和田塚的、拜託了。」

腰越似乎已沒有餘力詳細說明，傳達的事項支離破碎。我聽到千圓鈔，想起白天跟七里之間的互動。我也沒有收下她的千圓鈔。至於說為什麼會這樣，是因為我一直都是這樣做。

這不算與他人的互動，很像與他人之間什麼也不留的我會做的事。

「……我知道了，交給我吧。」

雖然我不知道這麼做有什麼意義，但不能不顧對方臨死前留下的遺言。或許腰越知道有人聽到了自己的心願而安心，並因為內心緲緊的情緒一口氣放鬆後，便一動也不動了。植物就像影片快轉那樣，迅速侵蝕著他的肉體。宛如用針線縫補那樣，接連地。

沒想到我竟然會目擊同個人的死亡兩次。這緣分還真是奇妙。

我稍稍俯視了他一會兒。

雖然心知肚明，但這次他顯然不會復生。

被殺害的同年齡同學，這回真的死去了。

風撫過我的背，引來陣陣寒氣。

同時，一股惡臭讓我「咦？」了一下。某種混雜泥土味的強烈臭氣飄過來。

「哇。」

一道人影彷彿從電線桿的影子獨立出來般伸出，不可靠的影子搖搖晃晃。

惡臭就是從那裡飄過來的。

那人似乎是遊民。我防備著他，心想要是剛剛的情況都被他看在眼裡而引起騷動的話，該怎麼才好。

但接近過來的影子揭開面紗，我看到了那張臉。

跟直到方才我一直看著的臉孔輪廓重疊。

「你該不會是腰越同學？」

真正的腰越。

被江之島推下山的腰越渾身髒汙地站在我面前。

「虧妳看得出來。」

泥土和汙垢的結塊因為他臉頰的動作接連剝落。他身上的臭味真的很強，讓我不禁覺得要是聞到這股臭氣，就算快死的人也都會被臭醒。

真正的腰越說不定笑了。

我想他雖然被推下山，但應該當下就復活。可是因為他完全沒有現身，我也想說他是不是死在山裡面，看來是活下來了。如果洗去身上的髒汙、整理一下頭髮，現在這裡應該會有兩張一模一樣的臉吧。

不過，既然跟江之島在同樣時間帶死而復生，那麼，真正的腰越應該也……

「那傢伙、在、哪裡？」

果然，他似乎也面臨大限。聲音斷斷續續，舌尖開始長出植物，耳垂也纏了許多植物，像裝飾品一樣。

「那傢伙？」

「告訴我，江之島、在哪裡。」

「……就在那裡。」

我向他介紹倒在路邊的屍體。真正的腰越睜大了無精打采的雙眼。
堆積在睫毛上的汙垢嘩啦嘩啦掉落。
「總算、見到你了，我從山……咦？」
真正的腰越看著一動也不動的腰越屍體，覺得有些奇怪。
「他剛剛死了。」
腰越同學的右膝一彎，差點要跪在地上。他搖搖晃晃地不時踩在車道上，彷彿繞著圓圈，最後目光失焦，逕自轉向一旁。
「死了。」
他茫然垂下雙臂，被仇人的死吞沒了。
接著發出「咿嘿」的詭異聲音才說：
「我也死了。」
他有如開玩笑般連緩衝動作也沒做，就直接撲倒在地上。
彷彿追著江之島而去。
「要是再早一點回來……就可以在他死之前殺了他。」
「……真是可惜呢。」
我很想問問他至今都做了些什麼，不過應該沒有時間了。

腰越同學也是，比起說明自己的狀況，好像還有更重要的事情要做。

「可以拜託妳一件事嗎？」

感覺這樣的互動才剛剛發生過。

殺人者、被害者，在同樣時間、同個地點，將某樣東西託付給同一個人。

「你說說看。」

「拜託……幫我跟和田塚說，不好意思。」

又是和田塚。

「我知道了。只要告訴他這個就夠了？」

腰越同學想點頭，但在那之前先發出了「啊啊、嗚嗚」之類的沙啞聲音。

「還有，跟魔女……」

「……魔女？」

無法忽視的詞語出現了。

「跟魔女？」

我顧慮他的狀態催促他快說，但在說完之前，他的嘴就被植物塞滿。我將手伸進去扯開植物，但有如縫在嘴唇上的這些植物非常頑強，就算花費大把力氣扯開也會馬上長出新的，變得堅固。

在這之間，腰越已經停止呼吸，我也只能死心。
「和田塚和田塚……和田塚同學，你還真受歡迎呢。」
老實說我實在沒印象他是個怎樣的人。
但對兩個腰越來說，肯定認為和田塚是真正的朋友吧。
這時，接連從江之島和腰越的屍體竄出無數植物的根。然後撐破肉體的植物變為花草，以紅花為中心散去。
華麗的變化有如變魔術。
最終什麼也沒留下。
我在飛舞的花朵中央，看盡這一切。
「……真漂亮。」
我伸出手，花瓣落到掌心，輕輕吹了一口氣之後，花瓣彷彿被灌注了生命在空中飄盪，被晚風帶走。四散的花朵是否又會在某處，成為生出那紅色果實的基礎呢？
這就是獲得果實給予之生命者的末路。
與最終將遭到火化的人生結局相比，何者更顯虛幻呢？
「很漂亮，也沒有後續的問題，不過……」

這樣的結局，將不會有人在真正的意義上為死者悲痛。

「夜晚散步好玩嗎？」

「我看到很美麗的景象，非常滿足。」

我拋出唯一一片握在手中的花瓣。

魔女看到在房間燈光下飛舞的花瓣，發出「哎呀呀」的聲音。

「妳怎麼沒想過送我一束花呢？」

「妳真悠哉。」

我以為魔女在裝傻而瞪了過去，但她歪了歪頭。

「什麼意思？」

「……妳不知道那是什麼嗎？」

「我不熟悉花朵的名稱。」

看來她真的不知道這是屍體變成的花。

……啊，是這樣吧，她第一次讓自己以外的人吃下樹果的對象就是我們。

如果是這樣，她不知道死了之後會有什麼下場也很合理。

「變成腰越同學的江之島剛剛死了，因為樹果的壽命盡了。」

我瞪著她，意圖責怪她沒有說明這點，但魔女一副不痛不癢的樣子。

只見她凝視著花瓣，饒富興味地發出「嗯哼」的聲音。

「儘管時間不長，但那樣小小的果實真的能取代生命，不覺得很了得嗎？」

「但也只能維持六、七年吧。」

「時間會因為契合度而延長。儘管如此，極限應該就是十幾年吧。」

「腰越同學也死了。我是說正牌的那個。」

這點倒是讓魔女大吃一驚，連忙看向我。

「他來這邊了？」

「妳知道他活著啊。」

果然。

「因為他摔落山谷，我救了他。與其說我救了他，其實我也只是在他死了之後稍微照顧他一下。但他因為被殺而變得太害怕，於是不打算離開山裡。」

「喔……真難想像腰越同學會害怕。」

畢竟他性格那麼粗魯。真沒想到他在臨死之際，還會介懷朋友。

「應該是一個轉念就下山報仇了吧。或許他本能地知道自己的死期將近。」

「他確實給人一種充滿野性的感覺……」

他之所以想跟和田塚道歉，或許跟和田塚的失蹤有關連。那個和田塚有辦法知道「腰越」已經死了嗎？雖然我不清楚，但現在這個狀況挺奇妙的。

「他好像有話想對妳說，但在說完之前就變成花，四散而去。」

「我嗎？」

魔女雙手抱胸，挺直腰桿，眼神四處飄移地思索著。

「我想應該不是要說『謝謝』，就是『我超討厭妳』之類的吧。」

「妳認為是哪個？」

「不知道。」

因為兩種都有可能。魔女閉上眼，露出平和的笑容。

「話說，為什麼妳看起來有點不高興？」

魔女有如擔心我身體狀況般問道……不高興？我嗎？

「我不高興嗎？」

「有這種感覺。」

我應該沒有表現得這麼明顯，她是怎麼知道的？

「應該是這樣吧……妳失手了，想把七里變成妹妹的計畫泡湯了。」

光看字面還真是危險的計畫。

「真是可惜呢。」

我獲得極為事不關己的同情，輕薄到用鼻子一呼氣就會吹走的程度。

「再給我一星期，我應該就能籠絡她。早知道該先處理掉稻村才對。」

因為我已經引來魔女，所以沒她的事了。忽略要處理這個問題，很明顯是我的失誤，若能做得更俐落，或許可以減少一人或兩人犧牲。現在回頭一想，心中滿是這樣的悔恨。

雙手抱胸的魔女直言不諱地評論：

「妳真的很那個。」

「哪個？」

「垃圾。」

「哎呀，居然被稱讚了。」

原來我已經壞到會被人當面說是垃圾的程度。

「……說笑的。」

就算事情進展順利，但看看剛剛的結果，我覺得也只會以悲劇收場。

「是說，我有件事情想拜託妳這個白吃白住的人。」

魔女丟開雜誌，嘟起嘴。

「真有必要加上那個形容嗎？」

「不加妳就不會覺得愧疚啊。」

魔女瞇細眼睛表示自己哪需要愧疚。

「哎，總之妳說說看吧，想要我做什麼？」

「我想請妳把這顆樹果交給稻村。」

我遞出紅色樹果，魔女原本瞇細的眼睛瞇得更細、更銳利了。

「並且告訴她，吃下這個之後，心中強烈地祈願想成為我，然後去死。」

比起我直接告訴她，透過魔女傳達，她會更願意老實接受吧。

魔女收下了樹果，卻沒有收回自己的手。

「這樣好嗎？」

「沒辦法。若七里死了，我想她會變成希望能勝過我的生物。被這樣的人追著跑很麻煩，交給稻村比較好。」

而且我覺得那才真正實現了彼此的願望。

我也想過事先說明果實在人死後會產生什麼效用，但我想七里可能會想獲得能夠勝過我的力量。這麼一來，就變成我要死了。好意不一定會給自己帶來好結果。

「我不是問這個，是妳可以接受嗎？」

「只要她們去別的城鎮生活就沒問題了吧。」

魔女又說了「不是這樣」，並溫和地封鎖我的退路，不讓我逃避。

我知道她在問什麼。

「那個樹果應該是妳的希望吧？」

「我已經知道它是太過短暫的希望。」

如果是連十年都撐不過的希望，實在無法滿足我的期望。

「如果妹妹真的重生，但又比我早走，真的會……很難受。」

我補上一句「非常難受」。這等於是我為了讓她再死一次而將她重生。

若妹妹知道真相，究竟會做何感想呢？

魔女轉著三角帽，表現出強烈的興趣，彷彿想要撲上映入眼簾的事物。

「妳妹妹是怎樣的小孩？」

「是個輕飄飄的孩子。常常述說作過的夢，有著自己的步調……毫無疑問是個好孩子。」

「輕飄飄和作夢啊……」

魔女不知為何理解似地「嗯嗯」點頭。

「啊，妳想知道我昨晚作什麼夢嗎？」

「妳認為我想聽嗎？」

「嗯，很想。」

跟這傢伙說話，很容易被岔開話題，所以我才不想跟她聊太多事。

「我只是想知道，妹妹出生在世的意義。」

每個人天生應該都有必須扮演的角色，我想妹妹一定也有。

要看清這一點，必須活得長久。

有些事情必須看清整體才能夠看出來。有些事情在人老了之後回顧才能夠發現。

「我想了很多很多，但要是明天死了，一切就結束了。」

魔女問我：「那麼妳要特訓嗎？」我立刻拒絕。

「不要緊，我不可能輸的。」

不管多麼專注精神，還是有絕對無法推翻的差距。

為什麼七里無法勝過我？

這跟技術、集中精神都無關。

我不確定導致本質不同的關鍵究竟是什麼，她也不清楚。

「比起擔心這個，我才希望妳偶爾能做些魔女該做的事。」

被一個會泡在咖啡廳遊戲機前的廢人掌握了開始與結束，真不知道該怎麼評價這個狀況。

「……妳都拜託我了，沒辦法囉。」

「既然妳是魔女，稍微打扮得像樣點如何？」

「像樣啊。」

她打開行李箱，挖出各式各樣的衣服。我看了傻眼，原來這個人真的是抱著旅行的心情來這裡。準備開店的魔女選了一件黑色連身洋裝。現在明明是夏天耶。

「說到魔女，就不免聯想到黑色吧？」

「或許是這樣。」

童話故事裡的魔女大多一身黑，該不會有什麼不得不穿黑色的隱情吧？

「一到明天我就會馬上過去。」

準備好衣服之後，魔女開始做起晚上的伸展運動。

「以我的立場來說，若那個叫稻村的女生能從表面舞台消失也是好事。」

「畢竟她要是洩漏了妳的存在也很頭痛。」

「就是這樣。」

魔女一派輕鬆地肯定。順便一說，她的背也能輕鬆地彎下。

「啊～～想吃～～炸雞便當～～」

「就算妳唱歌也不會有炸雞可以吃而且唱歌很吵再加上歌聲要是被我爸媽聽到就不妙了。」

「連路邊的鼬鼠都有炸雞可以吃耶……」

魔女失望地向後仰。

晚上的房間一如往常，我對著仍打算賴著不走的魔女嘆一口氣。

不知不覺中，房裡充滿樹果的香氣，而且毫不間斷。

我撐著臉，忽地看向那紅色的玩意兒。

散落的花瓣，曾幾何時落在書桌角落。

就這樣到了隔天，我刺死了七里。

一如往常地，我比她更早一步。

……在那之前輕輕吻了她一下的行為，究竟有什麼意義呢？我應該沒必要再對七里做這種事，但等我回過神，已經將臉湊上去。我們全身都是破綻，若真的想下殺手，這將是個理想時機。沒錯，對彼此而言都是。

但沒有這麼做，或許就是七里這個人的人品所致吧。

我抱著不滿地斷氣的七里，跟她一起享受了一段只有我倆在的海邊時光。直到「我」跟著魔女一同出現為止。

順利獲得我的外表的稻村，面對七里的死，靜靜地流下眼淚。

這是我第一次看到自己哭泣的臉龐。

老實說沒有在鏡子前看到，對心臟真的很不好。

「看樣子事情很順利。」

稻村說，妳才是。

「因為我無法殺害七里。」

「……想來也是。」

見我殺了七里仍沒有動怒，稻村顯然也很惡劣。

想必她的心意相當扭曲吧。

「那麼，剩下的……就交給妳。」

我把七里交給稻村——另一個我。稻村緊緊抱住七里，將臉埋進七里的頭髮一動也不動。我留下坐在沙灘上的兩人，跟魔女一起在海岸上散步。

途中回頭看了兩次，七里伸長的雙腳被海浪打濕了。

「妳羨慕她們嗎？」

魔女挖苦似地問，她身上的花香混著海風送到我這邊。

「完全不會，只是想到一些事情。」

今年暑假過得真充實，應該會像寫日記那樣留在我的記憶中。

我依序回想被當時的狀況連累的六個人面孔。

剩下沒幾個人了呢。

雖然無法確認和田塚的狀況，但六人中一次也沒死過的應該只剩下我。

只有我，沒有吃下樹果。

「嘴上說完全不會，卻因為原本與她之間的關係毀壞而心死。我將原本牽著，卻彷彿訴說著什麼般徬徨的左手握緊後，按捺下去。」

「妳可不可以不要隨便捏造劇情？」

這傢伙怎麼能這樣暢所欲言啊？

我倆一起望著遠方，這時魔女高聲痛罵我：

「結果是妳殺了所有人耶。真不敢相信，妳這個殺人魔。」

「有些是冤枉的啊。」

我不悅地否認。腰越和和田塚可不是我下手的。

但其他人就是我殺的沒錯，不管想不想死，都一樣。

「妳果然是殺人魔，好口怕妞～」

「那是哪國語言？妳至今為止也殺過人吧？」

魔女推了推帽簷，開朗地以「很遺憾」否認。

「因為大多數狀況只要我死了就能解決，所以我沒殺過人喔。啊，倒是殺過鳥。」

「這方法還真蠻橫。」

若說成自我犧牲，聽起來就冠冕堂皇，但實際上只是她嫌麻煩吧。

既然命有很多條，就不需要做出殺害對方這種麻煩事。

也不需要背負什麼。

「……咦咦？」

跟帽子一起轉著圈走的魔女，突然看了看後方瞇細眼睛。

「狀況好像不太對勁。」

聽她這麼說，我只轉了頭向後看。死而復生的七里和長得跟我一模一樣的稻村映入眼簾。

雖然是想一直看下去的景象，但仔細一看就會發現不協調之處。確實不太對勁。

按七里的個性來說，應該不會露出那樣放鬆的憨傻表情。應該會更嚴肅地持續觀察周遭才是。

至少在我面前的她一直都是這樣。

魔女留下一句「有點介意」便唰唰地使出全力往回奔。這魔女根本不在乎氣氛什麼的。我停下腳步，等她回來。

魔女跟去程一樣，唰唰地踩著沙地回來。

「好像失去記憶了。」

「啥？」

「妳殺的那個女生……啊，兩個都是妳殺的。那個叫七里的，好像失去了死前的記憶。她該不會希望如此吧？」

「……」

我陷入混亂，無法即時整理好想法。

「……我還以為她會徹底變成一個只想殺掉我的生物。」

然後，變成我的稻村被殺害，七里實現願望，這樣就大致能夠收尾，一切得以消失。現狀讓我感受到非常嚴重的失敗。

「是妳太急著下定論。」

「……似乎是。」

看來是我的評估太天真，才會以為七里將變成骨子裡都是怨懟的怪物。

「我沒想到。」

我如獨白般脫口而出。

「我沒想到她沒有那麼討厭我。」

明明勝過她那麼多次，又把她耍得團團轉，而且還聽她親口說過好幾次討厭我。

結果她並不恨我……？不，怎麼可能有這種事？

七里對於死人還活在鎮上的狀況抱持著否定態度。即使死而復生的人是她自己應該也不例外。

所以，重生的她是一位全新的人……或許沒有帶著任何過去。在她心裡的這項基本原則，甚至超越了對我的厭惡。

「知道她不討厭妳，妳好像有點難過？」

「……嗯，因為我有自信她一定討厭我。」

我第一次體會到的這個，應該就是敗給她的感覺吧。

不過這麼一來，稻村死兩次就沒意義了。完全沒有補救機會。

「……哎，算了，稻村應該會自己想辦法吧。」

「這狀況有辦法可想嗎？那兩人能夠離開這個城鎮生活嗎？」

「天曉得。」

「雖然我這麼說沒什麼說服力，但比方金錢方面真的沒問題嗎？」

「稻村應該有錢，總有辦法可想吧。」

她可不是白上那麼多電視節目啊。

「原來如此。」

魔女理解般地點點頭，深深吸了一口海風。

確實，錢這方面應該總有辦法解決。

但內心的問題呢？

已經忘了我的七里，被長得跟我一樣的稻村束縛。

稻村能夠滿足於這樣的狀況嗎？

儘管時間不長，但一想到她倆的結局，我仍不禁發毛。

「哎呀，看來妳挺受打擊的呢。」

「才沒有。」

「妳喜歡她嗎？」

「……沒有。」

我在口中重複一次，沒有。

「如果妳吻她，她說不定會恢復記憶喔。」

「為何這樣說？」

「童話故事不都是這樣嗎？」

魔女拎著帽簷，露出如背景海面般爽朗的表情。

「我好久沒來海邊了，有點興奮。」

我不想知道妳為什麼會是那種表情好嗎。

「……我沒興趣。她已經死了，在那裡的不是我認識的人。」

即使找回記憶，七里也會否定自己復活的事實，立刻自殺吧。

是我親手殺死七里這個人。

我抓抓頭，心想怎麼會這樣。一直、一直抓亂頭髮。

原本以為自己可以做得更好。

原本只是想去天國，卻在魔女的慫恿下，成為最惡劣的罪犯。

在沙灘上每走一步，腳步就更添沉重，有如我本人重複犯下的罪行。

這種感覺將永遠地、不斷持續下去。

「話說，妳打算走去哪裡？」

「天曉得。」

「今後打算怎麼辦？」

「這個嘛……該怎麼辦呢。」

樹果已經不在手邊，只留下犯下的罪行。

我甚至殺了人，沒想到結局竟是這樣。

不對，想透過殺人方式來獲得些什麼，本身就是錯誤的做法吧。大概。

不過即使做錯了，我仍希望能得到成果。

該往哪裡去、該做些什麼、該以什麼地方為目標，全部回歸成一張白紙。

海浪打上岸，擊中地上的岩石散開。浪頭消逝，只留下朵朵浪花。

「能不能用妳最頂尖的魔法補救看看？」

「很可惜，我ＭＰ用完了。」

我還以為她會隨便摘些路上的野草熬煮，當成藥塞給我。

居然搬出ＭＰ當藉口……

「啊。」

我想起來了。看看魔女的側臉，或許是受到陽光照耀，她的臉色顯得紅潤許多。

「我覺得我好像遺漏了什麼，剛剛才想起來。」

魔女用教育節目拍檔般的方式回我一句：「所以到底是什麼跟什麼？」讓我有些不悅。不過既然她不當一回事，那我也輕佻應對就好。

「妳是不是也快死了？」

因為她吃下樹果的時間，跟那些已經死透的傢伙差不多。

「妳發現啦？」

為什麼這魔女得意地勾起嘴角？

「通常是前一秒還活蹦亂跳，下一秒就突然面臨死亡呢。」

我想起腰越——實際上是江之島——突然跌倒在地的狀況。

「妳還有果實嗎？」

「嗯～」

魔女一副不太想回答的態度，只是曖昧地揚了揚下巴。

她看著天空，並因豔陽高照而閉上眼。

「該怎麼辦呢～」

「嗯，隨妳想怎樣都好吧？」

畢竟輪不到我來決定，也不是非得要我決定的事。

這是魔女對於生命的選擇。

我閉著眼走了一會兒。

能聽見魔女的腳步聲。

「隨心所欲地活啊。」

魔女在帽子的陰影下，吐露充滿自嘲與寂寥的聲音。

「妳知道自己喜歡什麼嗎？」

「我沒有特別喜歡什麼。」

「那妳就無法為了興趣而活了。」

魔女不正經地說著「好可悲喔～」同情我。雖然我想反駁，不過仔細想想，好像真的是這樣沒錯。

為了興趣而活是什麼？盡情做些想做的事嗎？

可是我覺得我已經活得相當，不，非常盡興了。

但我確實不是因為興趣而活。

「妳在想什麼？」

魔女探頭窺視沉默了一會兒的我。

「當然是在想今後該怎麼辦。」

我說謊。但這確實不是可以向後拖延的問題。

今後該以什麼為目標而活呢？

在海灘盡頭，可以看到淡黑色的岩壁。如果我們要繼續走，就只能走到那裡。

「我可以問一下嗎？」

魔女看著岩壁詢問。聲音雖然不大，但在吹送的海風傳遞下，聽起來離我很近。

「妳為什麼這麼拘泥於妹妹？」

言下之意是指我拘泥到願意為此殺人的程度。

魔女轉而看向大海問：

「妳喜歡妹妹？」

「還好。」

「妳怎麼老是這樣？」

魔女傻眼似地加重語氣。她在生什麼氣？

「因為就真的還好啊。我覺得自己只是跟普通人一樣愛護她。」

「我覺得妳不要這樣看待所謂的『跟普通人一樣』比較好喔。」

我又怎樣看待了？雖然不是很懂，但大概能理解她想表達什麼。

應該是指我並沒有普通到可以跟一般人相提並論吧。

「先不扯這些。所以說，妳為什麼這麼拘泥？」

「我沒道理告訴妳吧。」

「確實沒有。」

儘管嘴上否定，但魔女仍在等我開口。

我們快走到沙灘終點了。腳步變得太過沉重，我甚至沒把握自己是不是真的走著。

但身體仍像被指針追著跑一樣前行。

到底是什麼成了決定性的條件？

或者我只是鬆懈了呢？

過一會兒，我開口說道：

「我想要一個可以做為姊姊活下去的目的。」

妹妹出生後，我突然成為姊姊，接著過沒多久，這個身分就被剝奪了。我被這樣的立場和價值觀的變化耍得團團轉，無法跟上。

我不知道要怎樣才能夠不當一個姊姊。

「所以為了這個，妳可以殺人？」

「是啊，雖然大家都活過來了。」

留下性命，只剝奪對方的人生。

我想，這應該是很殘酷的殺害方式吧。

彷彿混入許多細沙的聲音傳來。

「妳啊，缺少絕大多數人都必須珍惜的事物。」

這指謫很難聯想。雖然平庸，但應該想說我是人渣吧。

客觀來看，我的作為確實會得到這樣的評價。

「我打擊好大。」

魔女垂下肩。

「為什麼？」

「因為一樣。」

「什麼一樣？」

「活下去的動機。」

儘管看起來失落，但魔女仍沒放慢腳步地走在我身旁。

「沒有目的，就沒有活著的感覺，所以我才想製造活下去的目的。」

「嗯哼。」

如果是這種情況，確實算是跟我一樣吧。

「我以為大家都是這樣做。」

「是嗎？我想一定是方法不同。」

魔女深深地，甚至有些誇大地深深嘆一口氣。

雖然我不是很懂，但她這麼不想跟我一樣嗎？

……嗯，我也不想。

明明還在花樣年華，價值觀卻跟一把歲數的死人一樣，太可怕了。

我們走到岩壁處，停下腳步。來到岩壁跟前，就能充分感受到壓迫感。

這感覺比小時候被許多高聳的建築物與大人包圍還要明顯。

我都已升上高中，身高應該成長了不少啊。

應該永遠無法擺脫這種窒息感吧。

「所以，結果妳打算怎麼辦？」

腰越同學、和田塚同學、稻村同學、七里、江之島同學，他們都不在了。

雖說其中有兩個是預定會不在就是了。

紅色樹果生根，因此相連的我們之間的故事，分別各自枯萎，準備迎向結局。

在這些故事結束之際，魔女究竟看到了什麼？

「這個嘛……」

魔女慢條斯理的態度，讓我無法得知她是不是真的在煩惱。

「只剩下我一個人了喔。」

我並沒有想太多就說了。對我來講，只是說出客觀事實而已。

但聽到我這麼說的魔女彷彿發現了去路，揚了揚嘴角。

「既然這樣。」

魔女按住帽子，以免被強風吹走。

帽簷受到海風吹送，卻哪裡也去不了，只能痛苦地掙扎擺動。

「好癢。」

她應該是故意把腳底對著我抓癢。

白皙的腳趾根部的紅色蟲咬痕跡很明顯。

「到底是在哪裡做了什麼，才會被咬到那種地方啊？」

「是不是壁櫥裡面的蟲子？」

「對喔～」

魔女理解狀況，停下抓癢的手，回頭繼續剪腳趾甲。

電扇在我倆之間緩緩擺著頭。

七里死後第二天，魔女依然健在。夏日也在外頭趾高氣揚地發威。

暑假才剛開始。

截至目前為止，稻村最後的下場以及其他八卦都還沒傳到我耳裡。

我切身希望今後一輩子都不要跟她有牽扯，這也是為了彼此好。

「明明有個人賴著不走，卻都沒有露餡耶。」

該說我家人也很隨便嗎？但我也覺得是魔女瞞過了我以外的人。可是，當我看到因為指甲剪太短而煩惱的魔女，又覺得她應該跟誇大的奇蹟無緣，進而否定相關的誇張可能性。

有可能只是我們對世界漠不關心的程度，遠遠超乎我們想像。

抱著往前看的心態活著，就已經用盡心力。

寫在這本筆記上的內容，完全符合上述狀況。

「妳這麼熱衷地在看什麼？」

「便當小偷的自白。」

「推理小說？」

「看起來像是和田塚同學的日記。」

魔女歪了歪頭，看起來應該是不知道和田塚同學是誰。

現在想想，我們從第一次見面到現在，確實都沒有自我介紹過。

「妳給了樹果的六個人其中之一。」

「喔……啊啊，應該是個子最高的那個吧？」

看她扳著手指，大概是用消去法在回想。

「對。我去腰越同學家放錢的時候，順便調查一下狀況，結果在置物間發現了筆記。上面的字跡跟腰越同學的不同，所以我想應該是和田塚同學寫的。」

我打開正在閱讀的筆記，讓魔女看看。

「竟然這麼輕易就當起小偷，真是嚇人。」

魔女一副不敢恭維的樣子，肩膀往後仰。其實現在那個已經不重要了。

「和田塚同學雖然還在鎮上，但似乎陷入了沒人看得見他的狀態。他寫說好像是因為自己的願望是獨自生存，結果就變成這樣。還有，不知為何他沒有住在自己家，而是跑去腰越同學家借住。」

我簡單說明日記的內容，魔女邊修整腳拇趾的指甲邊點頭說：

「應該是一想像起家人擔心的樣子，就覺得留在自己家很難受吧。」

「原來如此。」

還有一個可能，就是他不想錯過腰越同學留下的訊息。

我讀過筆記本的內容，可以體會他對此有所期待，也不得不緊抓著這唯一的連結不放。

儘管他希望獨自生活，但這項連結無論如何都無法捨棄。

無法捨棄這既沒能夠觸及、也無法看見的虛偽牽絆。

「我又不能拋下死人的願望……看樣子得說很久的謊呢。」

同時也多了一筆長期開銷。對高中生來說，一千圓累積下來也是一定程度的負擔。

我是不是該去打工呢？

我想起在超市打工的七里身影。

同時，嘴唇的觸感在幻覺中載浮載沉。

不知道七里跟「我」處得好不好？

「……妳吃下一顆樹果了嗎？」

「天曉得～」

魔女開朗地顧左右而言他。不管我問她多少次，她都不會老實地點頭或搖頭。

「妳真悠哉。明明有可能突然暴斃耶。」

「這應該所有人都一樣吧，畢竟隕石也可能突然撞上地球啊。」

「發生意外跟壽終正寢不一樣啦，大概吧。」

我自己說完，才發現這之間的分界是這麼模糊。或許可以再仔細思考。

不過在那之前，魔女就先發問了：

「欸，吃了樹果的人是怎樣死去的？」

既然吃下樹果的人都找不到屍體，自然能發現他們死去的方式並不一般。我老實回答：

「變成花朵飄散而去。」

「……真風雅。」

魔女好似看見什麼耀眼的事物般，神情溫和地瞇細雙眼。

「一般說來很難有這麼美麗的死法呢。」

雖然我死過很多次了——魔女有如緬懷老友般虛緲地笑了笑。

我想起之前帶回來的紅色花瓣，看了看桌上想確認它是不是還在，但沒有發現。應該是打掃的時候被丟掉了吧。

其實我不太記得自己是拿了兩個腰越同學中哪一個的花瓣。

但無論是誰的，鮮豔的顏色都令我難以忘懷。

「畢竟他們沒吃那麼多樹果，如果是我，就可能生出一棵大樹。」

「拜託妳別死在我家裡，善後很麻煩的。」

「我會低調求生，麻煩妳幫我澆澆水吧。」

魔女咯咯笑著要求，我看著她，連人帶椅整個轉過去。

無論是死是活，有件事情一定要講清楚。

魔女應該是察覺氣氛有異而抬起頭，將指甲剪擺在一旁。

我見她把原本摘下的帽子重新戴好。既然這樣，我就來問問「魔女」吧。

「妳為什麼在這裡？」

「我不是說過了，因為只剩下妳啊。」

從兩天前的海邊劃了一道分界線，直到現在。

「所以，我想看看留下來的妳，會有什麼樣的故事結局。」

魔女說得一副只是剪指甲順便表態的樣子。

這就是魔女所說，活下去的動機嗎？

但我轉念一想。

「我的故事又沒什麼。」

「只要妳和我還活著，就不會結束。」

她接著笑著補了一句「大概吧」。

「……喔……」

從那天起不斷掙扎，最終獲得一位白吃白住的魔女。

我不禁聳聳肩。

我跟魔女之間的故事。

想必只會造成彼此的根互相糾纏、爭奪、枯萎的結果吧。

這魔女的個性也真惡劣，竟然想看這樣的故事結局。

而且還說什麼有生之年，這可以有很多種解釋方式啊……真卑鄙。

「……所以說，妳吃了紅色樹果嗎？」

「不告訴妳。」

魔女貫徹不說明的原則，仰望窗外景色。

這是個天空晴朗湛藍、四處傳來蟬鳴，很普通的夏天。

以這樣的日常景象為背景，我身邊有一位魔女。

「下次重生的時候呢……這個嘛，希望自己不要改變好了。」

這聲低語，究竟是指再過不久即將發生的事？還是非常遙遠的將來希望？

我無法判別，只能望著她。

不過，我也能以正面的態度，認為那有朝一日將會到來就好。

犯下的罪過四散的不穩夏日。

若能看到造訪此處的魔女人生的盡頭，似乎也不壞。

這個夏天，奇怪的魔女在我房間裡綻放了紅色花朵。

我淺淺地嗅著那已經散去，即將消失殆盡的淡淡香氣。

國家圖書館出版品預行編目資料

另一段生命 / 入間人間作 ; 何陽譯 .
-- 初版 . -- 臺北市 : 臺灣角川 , 2019.07
面 ; 公分 . --（角川輕 . 文學）

譯自 : もうひとつの命
ISBN 978-957-743-140-0(平裝）

861.57 108008100

輕文學 Light Literature

另一段生命

原著名＊もうひとつの命

作　　者＊入間人間
插　　畫＊くろのくろ
譯　　者＊何陽

2019年7月29日　初版第1刷發行
2021年9月22日　初版第2刷發行

發 行 人＊岩崎剛人
總 編 輯＊呂慧君
主　　編＊李維莉
美術設計＊邱靖婷
印　　務＊李明修（主任）、張加恩（主任）、張凱棋

台灣角川

發 行 所＊台灣角川股份有限公司
地　　址＊104台北市中山區松江路223號3樓
電　　話＊（02）2515-3000
傳　　真＊（02）2515-0033
網　　址＊www.kadokawa.com.tw
劃撥帳戶＊台灣角川股份有限公司
劃撥帳號＊19487412
法律顧問＊有澤法律事務所
製　　版＊尚騰印刷事業有限公司
I S B N＊978-957-743-140-0